Obra de Gabriel García Márquez
1974

Ojos de perro azul

加西亚·马尔克斯 著
陶玉平 译

蓝狗的眼睛

新经典文化股份有限公司
www.readinglife.com
出 品

蓝狗的眼睛

目 录

1 第三次忍受

17 埃娃在猫身体里面

35 突巴耳加音炼星记

51 死神的另一根肋骨

65 镜子的对话

77 三个梦游者的苦痛

85 关于纳塔纳埃尔如何做客的故事

101 蓝狗的眼睛

113　六点钟到达的女人

135　石鸻鸟之夜

145　有人弄乱了这些玫瑰

153　纳沃，让天使们等候的黑人

169　有人从雨中来

179　伊莎贝尔在马孔多观雨时的独白

第三次忍受

La tercera resignación

那噪音又响起来了。那是一种冰冷、锋利、硬邦邦的噪音，他早就十分熟悉，只是此刻它变得尖利而伤人，仿佛一夜之间他已经无法适应它。

那噪音在他空空荡荡的头颅里回旋着，闷闷的，带着刺。他的脑壳四壁之间就像建起了一座蜂房。声音越来越大，一圈一圈，连绵不断，从里面敲击、震动着他的椎骨，与他身体固有的节奏极不合拍，极不协调。作为一个实在的人，他的机体结构一定是出了什么问题，一定有一样什么东西，"从前"运转得挺正常，而现在却像有一只瘦骨嶙峋的手从里面一下一下猛烈地、重重地敲击着他的头，让他一生所有的痛苦感觉都涌上心头。他有一种动物本能的冲动，想把拳头捏紧，压在因绝望痛苦而青筋暴起的太阳穴上。他真想用两只感觉灵敏的手掌找出那尖利如金刚石般的钻透他的噪音。他想象着自己在烧得滚烫的脑袋中的一个个角落里搜寻那噪音,脸上露出了家猫般的表情。差一点儿就要捉住它了,可是没能成功。那噪音长着光滑的皮肤,几乎无法捉住。可他下定决心,一定要用自己练就的娴熟本领捉住它,并最终以发乎绝望的全部力气将它久久地捏在手心。他绝不能让它再跑进耳朵里去,他要让它从自己的嘴巴里、从每一个毛孔里,或是从眼睛里跑出去,哪怕双眼在噪音跑过时凸起甚至瞎掉,他也要从那破碎的黑暗深处看着那噪音离开。他绝不允许它再在自己的头颅内壁揉搓它那些碎玻璃或是冰冻的星星。那噪音确实如此:就像把一个小孩的头往混凝土墙上无休无止地撞击,又像大自然中一切坚硬物体猛烈撞击的声音。可是,只要能把它圈住,把它隔离开来,就可以不再受它的折磨。当然还要把那个变幻莫测的家伙在它自己的影子里砍成碎片,抓住它,最终牢牢地捏紧它,用尽全身力气把它摔到地面上,还要狠狠地踩它几脚,直到它一动不动,直到这时,才可以喘着气说,这个一直折磨着他、让他发狂的噪音,现在终于被他杀死了,它现在躺在地面上,就像任何一件普通的东西一样,死得透透的。

  然而他实在没办法压住自己的太阳穴。他的双臂变得很短,这会儿就像是侏儒的手臂,又短又粗又胖。他努力想摇一摇头。头一摇,那又大又木的脑袋里噪音响得更厉害了,脑袋随着一股越发巨大的力量向下坠去。那噪音沉重而坚硬,如此沉重而坚硬,刚才倘若捉住并摧毁了它,他一定会有一种将一朵用铅块打成的花朵一瓣一瓣撕下来的感觉。

这种噪音他"从前"也听到过,向来如此挥之不去。比方说在他第一次死去的那一天,他就听到过。那是在面对一具尸体的时候,他明白了那其实是他自己的尸体。他看着自己的尸体,还摸了摸,感到自己无可触摸,无体无形,根本就不存在。他真真实实是一具尸体,而且正正经经由自己年轻多病的躯体体验着死神的来临。整间屋子里空气都凝固了,就像是填满了水泥,水泥块里,各样东西依然像在空气中那样排列着,他就在那里,在这一整块东西里,被小心翼翼地安放在一口僵硬却又透明的水泥棺材里。那一次,他的头脑里也响着"那种噪音"。他的脚底板遥远而冰凉,在棺材另一端,人们放了一个枕头,因为那时棺材对他来说太大了,不得不做点儿调整,好让尸体适应它新的也是最后的归宿。人们给他裹上一袭白衣,又给他的颌骨系上一块手帕。他就穿着这样一身寿衣,感觉挺美,死得挺美。

他躺在他的棺材里,等着别人来埋,然而他清楚自己并没有死。

如果他想站起来的话，不用费多大劲就可以做到，至少在"精神上"可以做到。可那没什么意思，还是让自己死在那里最好，死于"死亡"，死亡就是他得的病。好久以前，医生直截了当地对他妈妈说过：

"太太，您的孩子得了重病，他死了。当然了，"医生又继续说道，"我们会尽一切努力在他死后维持他的生命，我们会争取通过一种复杂的营养自给系统让他的机体功能继续下去。唯一有变化的是他的运动功能，那些自主的运动。他的身躯还会继续正常生长，由此我们便知道他还活着。简单说吧，这是'一种活着的死亡'，货真价实的死亡……"

这些话他都记得，只不过记得模模糊糊。也许他从来没听到过这些话，这都是他伤寒发烧的时候在脑子里臆造出来的。那时他迷迷糊糊，神志不清。他读过那些法老被涂上防腐香料的故事，发高烧时，他觉得自己成了那些故事的主人公。他的生命从那时起就开始有了某种空白。从那时起，他就无法区分也无法记住哪些事是他的妄想，哪些事是他生活中真实发生过的。所以，此刻他有点儿疑惑。也许医生根本没说过"活着的死亡"这种怪异的话，这不合逻辑，荒谬怪诞，一听就自相矛盾。这使他在这一刻怀疑自己是不是真的死了，而且死了十八年。

他是七岁死的，那时他妈妈请人给他打了一口绿木棺材，小小的，给孩子用的。可是医生发话说，还是给他做一口大一些的吧，一口正常成年人大小的棺材。先前那口棺材太小，会妨碍他长大，他会变成一个畸形的死人或是一个古怪的活人，而一旦他停止生长人们便无法察觉他的病是不是正在好转。母亲听从劝告，按成年人尸体的尺寸给他做了一口大棺材，为了使棺材正合适，又在他的脚那头垫了三个枕头。

不久，棺材里的他开始长个子了，因此每年都要从离他最远的枕头里抽出一点儿羊毛，好给他腾出长个子的地方。他的半辈子就这样度过了。十八年的时光（今年他已经二十五岁了），他已经长到了他最终的正常高度。木匠和医生在计算尺寸的时候出了点儿差错，棺材做得长出了半米，他们以为他会和他那莽撞的大个子父亲长得一样高，可结果并非如此，他唯一从父亲那里继承的是又浓又密的大胡子。长出来的胡子颜色发蓝，密密的，母亲还时不时为他修整一下，为的是让他在棺材里看起来体面一点儿。到了天热的时候，这胡子可真够烦人的。

可是还有一样东西比"那种噪音"更让他担心，就是那些老鼠。说实话，打小这世上就没有什么东西比老鼠更让他担心、更让他害怕。可正是这些可恶的畜生被他脚边点燃的那几支蜡烛的气味吸引而来。它们已经咬了他的衣裳，他知道要不了多久它们就会来咬他，把他的身体吃掉。有一天他甚至看见了它们：一共五只，身子溜光，顺着桌子腿爬上了棺材，啃咬着他。等到母亲发现的时候，他将只剩一堆残渣，一堆又硬又冷的骨骸。其实最使他惊恐的倒不完全是老鼠把自己吃掉，说到底，只剩骨骸他也能活下去，最折磨他的，是他与生俱来对这些小动物的恐惧。只要一想到这些毛乎乎的畜生在自己浑身上下跑来跑去，在自己皮肤的皱褶之间钻进钻出，还用冰凉的爪子在自己唇边蹭上蹭下，他便会觉得毛骨悚然。其中一只老鼠还爬上他的眼皮，想咬他的角膜，他看得见那畜生，大大的，丑陋之极，费尽气力想钻透他的视网膜。他觉得这一次真是死到临头，浑身上下一阵眩晕恶心。

他想起自己已经长大了，已经二十五岁了，这意味着他不会再长了。他的面容已经变得坚毅严肃，可是等他痊愈时，他却无法向人谈起他的童年，他没有童年，他的童年是在死亡中度过的。

母亲在他从童年向青春期过渡的这段时间操碎了心，她把棺材乃至整个房间收拾得干干净净，经常给花瓶换上鲜花，每天都会把窗户打开透气。在那段时间里，每一次给儿子量完身高，看着皮尺她是多么开心，她看见儿子又长高了几厘米！看见儿子还活着，她心中有一种母性的满足。她会尽量避免让生人到家里来，不管怎么样，居家的房屋里常年有一具尸体总不是一件令人愉快的事，而且怪怪的。她是一个忘掉自我的女人。但是很快她的乐观就开始走下坡路，最近几年，他常看见母亲看那皮尺时面带忧愁，她的孩子不再长高了！最近几个月里，连一毫米都没长。母亲知道，现在再想在这个至亲的亡者身上看到生命的迹象会越来越难，她担心某天早晨儿子会"真的"死掉。也许正因如此，那一天，他看见母亲小心翼翼地走近棺材，闻了闻他的身体。她陷入了悲观主义的危机。她近来的照料已经有点儿漫不经心，甚至拿皮尺时也不再小心翼翼，他知道，自己不会再长个子了。

他知道自己现在是"真的"死了，他知道这点是因为他的机体正在安安静静地逝去。一切的变化都来得不合时宜。他那只有自己才能察觉的心跳此刻也从他的脉搏上消失了，他觉得自己很沉，正被一股强大的力量召唤着，向着大地的本原坠落而去，仿佛重力正以一股不可抗拒的力量吸引着他。他像一具真正的、无可置疑的死尸一样沉重，但他觉得这样其实更轻松，连维持死亡的呼吸都不用做了。

他用不着触碰自己，在想象中逐一游遍了自己身体的每个部分。这边，倚在一个硬邦邦的枕头上，微微向左歪着的是他的脑袋。他想象着自己的嘴巴半张着，透进一丝凉气，仿佛给嗓子眼儿里塞满了冰雹。他就像一棵活了二十五年的树被折断了。他试着闭上嘴巴，系在他颌骨的手帕松开了，他无法把身子躺正一些，安顿好一些，连采取一种"睡姿"使自己看起来更像一个体面的死人都无法做到。他的肌肉和四肢已不能像从前那样准确地听从神经系统的指令。他已经不是十八年前的那个普普通通的孩子，可以随心所欲地到处乱跑。他感觉到自己的双臂下垂着，永远地平放着，被挤压在加了衬垫的棺材板旁边。他的肚子成了一个硬块，像胡桃树的树皮。棺材那一头，是他完完整整、千真万确的两条腿，让他保持着完好的成年人体型。他的躯体沉甸甸地躺在那里，但很宁静，没有一丝一毫的不舒服，就好像世界突然停止在那里，没有任何人来扰乱这沉寂，又好像这世上所有的肺都停止了呼吸，不想打断这空气中轻盈的安宁。他觉得很幸福，像一个孩子仰面朝天躺在密密的青草地上，看着白云高高地飘过午后的天空。尽管他知道自己已经死去了，永远地躺在了他那蒙着人造丝的棺材里，他还是感到幸福。他心底敞亮，一点儿也不像上一回，不像他第一次死后。那次他觉得自己混混沌沌，莽莽撞撞的。他周围一直点着四支蜡烛，每三个月一换，但正在这需要它们的时候，蜡烛又快烧完了。他感觉到身边有母亲今早带来的沾着湿气的紫罗兰的芬芳，这芬芳他在百合花那里感受过，在玫瑰花那里也感受过。然而，一切可怕的现实都不能使他感到丝毫不安，相反，他在那里很幸福，一个人，陪伴他的只有孤独。再往后，他会感到恐惧吗？

谁知道呢。榔头会把钉子钉进绿木里，棺材会吱吱作响，笃定地期盼自己将重新变成大树，一想到这个时刻他就觉得不舒服。他的身躯现在越发受到大地指令的吸引，最终将会被斜斜地埋进潮湿的、黏黏糊糊的、软软和和的坑里，而在上面，在四个立方米之上，掘墓人最后的敲击声也会渐渐平静。不会的，即便到了那个地步，他也不会感到恐惧。那只不过是他的死亡的一种延续，是他在新的形态下最自然不过的延续。

他的躯壳将失去最后一丝热度，他的骨髓将永远变得冰冷，冰冻的小星星也将钻进他的骨头深处。他要是能适应他新的死人生活该有多好呀！然而，某一天，他将感觉到他坚实的躯体开始坍塌，等他想逐一召唤并重温他的四肢时，会找不见它们。他将觉察到自己不再有精确、固有的形态，也将无可奈何地承认，自己用二十五年时间养成的完美形体已然消逝，它变成了一捧灰土，无形无状，再没有几何学上的造型。

这是《圣经》上说的那种尘归尘土归土的死亡，也许到那时他会有一丝怀旧之情，那是对没能留下一具全尸的缅怀，他留下的遗体虚幻、抽象，只存在于亲人们模糊的记忆之中。他也会知道他将沿着某一棵苹果树的毛细管向上升腾，而在秋季，当苹果被一个饥饿的孩子咬了一口时，他会猛然惊醒。到那时他会知道——而且一定会有些伤感——他已经失去了作为整体的存在，他甚至不再是一个普普通通的死人或一具平平常常的尸体。

他最后那一夜过得挺好，那是他和他自己的尸体一起单独度过的。

可是，新的一天来临了。当第一缕温暖的阳光透过打开的窗户照射进来时，他觉得自己的皮肤变软了，他静静地、麻木地看了一会儿，听任风掠过自己的身体，没有什么疑问了，"气味"就来自那里。夜里，尸胺开始起作用了，就像所有死尸一样，他的躯体已经开始变质腐烂。那"气味"毫无疑问是一种肉体腐烂了的气味，绝对不会弄错的，它一会儿散去，一会儿又更加刺鼻。他的躯体在前一晚的炎热中已经开始分解，是的，他在腐烂。再过几个小时，妈妈就该来换花了，只要走到门槛那里，她就会闻到腐肉的气味。是的，到那时，人们就该把他送去和别的死人待在一起，让他好好地去做他第二次死亡的梦。

可是，突然间，恐惧就像一把匕首刺进他的后背。恐惧！这个词儿此刻是多么深刻又多么意味深长啊！现在，他有了恐惧之心，这是一种"具体"而真实的恐惧。它从何而来？他对此心知肚明，肉体都战栗起来：很可能自己并没有死。是别人把他放进了这里，放进这个垫得软软的、舒舒服服的棺材里，而恐惧像幽灵一样为他打开了真相的窗户：人们要活埋他！

他不可能已经死了，因为他什么都知道得一清二楚，他知道周围的人们生活中的窃窃私语，也知道天芥菜那暖暖的香味是怎么从打开的窗户飘进来，和那种"气味"混在一起，他还清楚地知道池塘里的水在慢慢地流淌，知道角落里有一只蛐蛐在不停地鸣叫，以为现在还是清晨时分。

这一切都在向他证明一件事：他没有死。一切，除去那"气味"。可谁又能肯定那气味一定就是他的呢？兴许是他妈妈头一天忘了换花瓶里的水，花梗正在腐烂。也说不定是猫拖到窝里去的老鼠因为天气炎热烂掉了。不会的，那"气味"绝不会是从他自己身上散发出去的。

前一刻，他还在为自己的死亡沾沾自喜，因为他以为自己死了，而死人是可以为自己不可逆转的状态感到幸福的。可是一个活着的人不能忍受被活埋。问题是他的肢体不听话，他也没办法告诉别人，这使他恐惧万分，这是他无论活着还是死了都最恐惧的事。人们会把他活活埋进土里。他会有感觉，人们钉棺材的时候他会知道。当躯体被朋友们的肩膀抬起来的时候他会体验到那种虚空，送葬的队伍每走一步,他的恐惧便会增加一分。

他一定会徒劳地想站起身,精疲力竭地发出呼喊,在又黑又窄的棺材里敲打,让别人知道他还活着,知道他们要埋葬的是一个活人。可是不会有什么用的,在那里他的肢体也同样不会听从他的神经系统最后的紧急呼唤。

他听见旁边的房子里有一点儿动静。他是睡着了吗?这一切活人死人什么的都只是一场噩梦吧?可那盆盆罐罐的声音又消失了,他一下子伤心起来,也许还为此有点儿难受,真想让这个世界上所有的盆盆罐罐一下子全部打得粉碎,就在这里,就在他的身旁,用某种身外之物把人们唤醒,因为他自己的意志力已经一败涂地了。

可是不。这并不是一场梦。他能肯定如果这是一场梦的话,他最后那一丝回归现实世界的努力是不会失败的。而现在他不会再醒来了,他感觉到了棺材的柔软,那"气味"又回来了,而且更浓了,浓到他已经怀疑那正是他自己身上的气味。他本想在自己烂掉之前见见亲人,又想到那肉体发臭的场面定会令他们作呕,邻居们也会因为受到惊吓而用手帕捂住嘴从棺材前四散奔逃。他们还会吐唾沫。不,这样不行。最好就这样让他们把自己埋掉吧。最好早一点儿摆脱"这件事",现在连他自己都想摆脱自己的尸首。

现在他知道自己是真的死了,或者至少是活得无人知晓,都一样吧。不管怎么样,那"气味"是实实在在的。

只要忍一忍,他也会听见那些最后的祈祷词,那些半通不通的拉丁语,还有人群乱糟糟的应和。墓地里那充满了尘土和骨骸的寒冷会一直渗入他的骨头里,兴许这样,那"气味"能稍稍冲淡一点儿。也许吧——谁又能知道呢!——也许到了那个时候被逼急了他能摆脱这场昏睡。等他感觉到在自己的汗液中游泳,在某种又黏又稠的液体中游泳,就像当年出生之前在妈妈的子宫里游来游去的时候,也许他就活过来了。

可他已经准备好忍受死亡了,也许他就死于甘心忍受。

一九四七年

埃娃在猫身体里面

Eva está dentro de su gato

忽然，她感觉她的美貌崩塌了，那种令人痛苦的美貌曾像肿瘤，像癌症一样折磨她的身体。她还记得青春期自己的身体所承受的那种傲人的重压，而现在却带着屈服的疲惫和一只颓废动物的最后表情垮塌了——天知道垮塌在了什么地方！她再也不可能继续承受这种压力了。必须把这种对她人格毫无用处的附庸随便扔到一个什么地方去，这种附加在她姓名之上的东西一旦被强调到如此地步，便成了多余。是的，让这美貌见鬼去吧，最好把它扔到一个拐角，扔到郊区随便的一个角落，或是把它忘在一个二流餐厅的衣帽柜里，就像忘掉一件再也不穿的旧棉衣一样。她已倦于成为众人关注的焦点，也不想再被男人们贪婪的目光包围。每到夜晚，当失眠像一根根大头针刺在她眼皮上的时候，她真想当一个普通的女人，一个毫无魅力的女人。在她房间的四壁之间，所有东西都对她心怀敌意。她的心中满是绝望，只觉得在她的皮肉间、头脑里，不眠之夜被拉得那样长，一种发烧的感觉被推上发根。就像是她的血管里钻进了许多热乎乎的小虫子，天快亮的时候它们就会醒来，迈开不安分的腿，在她皮肤下面做撕裂人心的冒险，跑遍这片结着果实的土壤，也就是她躯体之美的寄宿之地。她所有驱除这些可怕生物的想法都是徒劳，无可奈何，那是她自身机体的一部分。它们早在她这个人的肉体存在之前就活生生地在那里。它们来自她父亲的心脏，是她父亲在他绝望孤独的夜晚痛苦地喂养了它们；又或许它们是通过从世界之初就联系着她和她母亲的那根带子灌进了她的血管。毫无疑问，这些小虫子并非她身体里自发产生的。她知道一定另有源头，她也知道，所有她这个姓氏的人都必须承受它们，在那难眠的长夜里都要像她一样忍受它们。她的祖先们脸上总带着的那种无法用抚慰消除的忧伤，那痛苦的表情，也都是因为这些小虫子作怪。她曾在她们暗淡的人生和旧相片里看到过那种目光。她们都是同一种痛苦的牺牲品。她还记得旧画布上曾祖母那令人不安的面容，向这些小虫子乞求一分钟的休息，或者哪怕一秒钟的安宁，可虫子们在她的血管里不停地敲击，毫不留情地把老人家变得越来越漂亮。不是的，这些小虫子不是她的。它们是一代一代传下来的,用它们细小的盔甲支撑着这个精华门第的全部名声,真是精华到了痛苦的地步。这些小虫子是从第一代生了一个漂亮女儿的母亲肚子里开始出现的。可现在到了必须马上叫停这种遗传的时候了,总要有一个人出来叫停这种非自然的美貌,不让它继续流传下去。只要这些虫子还在几百年如一日地每夜坚持劳作不息,这个家族的女人们照完镜子后那种沾沾自喜的心情就毫无意义。这已经不是美貌,这是一种病态,必须打住,必须坚决彻底地终止它。

她还记得在那张布满滚烫刺针的床上度过的无休无止的时光,在那漫漫长夜里她总想让时间快点儿过去,等天亮了,那些小虫子就不会让她痛苦难熬了。这样的美貌有什么用呢?夜复一夜,她沉浸在绝望之中,想着自己要是个相貌平平的女人或者哪怕是个男人该有多好;就是不要这种无用的德行!来自遥远过去的小虫子滋养着这种德行,把她拖进万劫不复的死亡深渊。倒不如长成她那个取了个小狗名字的捷克斯洛伐克女友那样,粗鄙一些,丑陋之极,兴许还快活些。真是不如长得丑一点,至少可以像别的基督徒那样睡个安稳觉。

她诅咒先人,她睡不着觉都怪他们。是他们经年不变、原模原样地把这种美貌代代相传,就仿佛是当妈的死了以后摇身一变,重新把自己植入女儿身上。又仿佛是把同一个头颅——一样的耳朵，一样的鼻子，一样的嘴巴，一样烦人的聪明——传给了所有的女人，而女人们毫无办法，只有把这种美貌当成一种痛苦的遗产继承下来。也正是在头颅的传承中，这种永生不朽的微生物一代一代越来越强，获得了自己的个性与力量，最终变得不可战胜，变成一种无法治愈的顽疾。等传到她这一代，它们经历了复杂的磨炼，已经变得令人无法忍受，痛苦不堪……一点儿不错，它们就像肿瘤，像癌症。

在这些辗转难眠的时分，以她精细的敏感，她常会想起种种不愉快的事情。她想起了构建她情感世界的那些东西，这个情感世界宛如某种化学溶液，诞生了那些让人绝望的微生物。每到那些夜晚，她两眼睁得溜圆，充满惊恐，黑暗笼罩她的双鬓，像流淌的铅液一样沉重。在她的身旁，万物都在沉睡，只有她在自己的角落里，为了躲开梦魇，尽力回顾着儿时的记忆。

然而，每次这样的回顾总是因某种由未知带来的惊恐而结束，她的思绪绕遍家里的大小角落之后，每每面临恐惧。这时，挣扎就开始了，这是面对三大无情敌人的战斗。她无法摆脱头脑里的恐惧——永远也无法摆脱。她必须忍受这种卡在她嗓子眼儿里的恐惧。这一切都是因为她住在这栋古屋里，一个人睡在这远离尘世的角落。

她的思绪总是这样漫游在潮湿黑暗的小过道里，把旧照片上布满蜘蛛网的尘土一点点抖落。尘土从上方飘落下来，从她祖祖辈辈腐朽的骨骸上飘落下来，令人不得安宁，心生恐惧。每次她都会想起那个"孩子"，想象着他梦游一般，在院子里的青草之下，柑橘树旁，嘴里嚼着一撮湿土。她仿佛看见他在黄土之下用指甲和牙齿挖掘，想逃离啃噬着他脊背的寒冷，寻觅通往院子的小小地道，人们正是顺着这条地道把他和好多蜗牛埋在了一起。冬天里，她常能听见他在哭泣，那哭声小小的，沾着泥，被雨水浸透。她能完完整整地想象出他的模样，就像人们五年前把他丢进那个浸满水的坑里的模样。她无法想象这个孩子已经腐烂了，恰恰相反，漂在那黏稠的水里应当是件挺美妙的事情，就如同一场没有去处的旅行。有时她又像是看见他还活着，活在惊恐之中，因为孤零零被埋在这样一个阴冷的院子里而心生恐惧。她当初是反对把他埋在那里、埋在那柑橘树下的，离家太近了。她害怕他，她知道，在那些无法入睡的长夜里，那个孩子什么都猜得到，他会顺着宽宽的走廊回来，请她去陪伴他，请她重新去保护他，告诉她虫子正在啃食他的香堇菜的根。他也会回来请求她，就像他活着的时候一样让他睡在她的身旁。她一想到和这孩子已经阴阳相隔他还要回到自己身旁便怕得不行，一想到这孩子的一双小手攥得紧紧的，为的是要焐热手心里的小冰块，而自己却要抢走它们，她就心生无名的恐惧。在看见那孩子变身为水泥块，就像一尊恐惧的雕像躺在烂泥中之后，她一直在想，能不能让人把他弄远一点儿，免得自己夜间老想起他，可人们还是把他安顿在了那里。他不受任何打扰，穿着破破烂烂的衣裳，用蚯蚓掘过的土滋养着自己的血液。而她却不得不忍受着，看着他从深深的黑暗中回来，因为只要她睡不着觉，总是无可变更地想起那个"孩子"，而那孩子一定会从他那一小块土壤中呼喊着她，让她帮自己一把，从那荒唐的死亡中逃出来。

可现在，在这无时无空的新生活里，她平静了许多。她知道，在她的世界之外，一切都还会按照从前的节奏运转，她的房间还会沉浸在拂晓的晨曦中，她的东西，她的家具，她那十三本心爱的书，还会在原来的地方。在她空空荡荡的床上，她身体的气味占据了她作为完完整整的女人的空间，而此刻，这气味开始消散。可"这一切"是怎么发生的呢？她这样一个美貌的女子，血液里充满小虫子，整夜整夜地受着恐惧的折磨，怎么能一下子就摆脱无休无止的噩梦，摆脱失眠，在此刻进入一个新奇、陌生、再也没有空间概念的世界呢？她想起来了。那天晚上——她穿越的那晚——天气比平常要冷,她一个人待在家里,忍受着失眠的折磨。没有人打搅那一晚的静寂,花园里升腾起一股令人恐惧的气息。汗水从她身体里冒出来,仿佛她血管里的血液在小虫子的压迫下流淌出来。她希望街上有人走过,有人发出喊叫声,把那静止的气氛打破。她希望大自然中有什么东西能动弹一下,希望地球能再一次围绕太阳转起来。但一切都是徒劳,就连那些钻进她耳朵下、枕头里睡着的蠢男人也一个都没有醒来。她也一动不动。墙壁散发出新鲜涂料的强烈气味,这气味浓浓的、重重的,她不是用鼻子闻到的,而是用胃感觉到的。桌子上,唯一的座钟用它那象征死亡的装置打破着沉寂。"时间啊……时间……"想到死亡,她发出一声叹息。而在外面,在院子里,就在那棵柑橘树下,那个"孩子"还在哭泣,哭声又弱又小,来自另一个世界。

她向她信仰的一切神灵求助,为什么每到此时天总也不亮?为什么她不一下子死掉?她从来没有想过拥有美貌会让她付出如此代价。在那时——就像平常一样——美貌甚至比恐惧还要使她难受,而在恐惧之下,那些小虫子毫不留情地折磨着她。死亡就像一只蜘蛛,疯狂地啃噬着她,压迫她的生命,想让她屈服,可又总是在最后一刻逡巡不前。只要一想到自己孤零零一人被抛弃在这栋古老的房屋里,她的双手,这双曾经被男人们满怀着再明显不过的动物冲动蠢蠢地紧握过的双手，就动也动弹不得，因害怕而瘫软，因一种内在的、不合理的、没来由的恐惧而僵直。她努力想做出点儿什么反应，可是不行。恐惧已经把她吮吸得一干二净，现在还继续顽固地待在那里，一动不动，几乎成了她身体的一部分，就像一个无形的人赖在她房间里不肯离去。然而最使她不安的是，这种恐惧没有任何理由，是一种特别的恐惧，毫无道理，反正就是恐惧。

她的舌头上，口水变得越来越稠，硬胶似的，一会儿粘住了上腭，一会儿又在流淌，丝毫不受她的控制，在她齿颊之间造成了麻烦。这和口渴不一样，是她生平第一次经历的特殊感觉。一时间她忘掉了自己的美貌，也忘掉了失眠和无缘无故的恐惧，连自己都不认识了。有那么一瞬间，她甚至觉得那些小生物已经离开了她的身体，觉得那些小家伙粘在了她的口水上。是的，看上去一切都不错，小虫子都从身上跑出去了，她能睡得着觉了，可现在的问题是得找到一种办法化开那使她舌头发麻的黏液。要是她能走到储藏室那里就好了……可她在想什么呢？她突然一惊，"这样的愿望"她先前从未有过。一种想吃点儿酸东西的迫切需要使她虚弱，自人们把那个"孩子"埋在那里起，多少年来她一直忠实遵循的原则荡然无存了。说起来是件蠢事，可她每次吃柑橘的时候都会想吐，她知道那个"孩子"已经升腾到了柑橘花里，来年秋天结的果子里一定有他的肉，那是用他冰冷的死亡冰镇出来的果子。不，她不能吃那些果子，她知道在全世界各个地方，每一棵柑橘树下都埋着一个孩子，他们骨头里的钙质使果子变得又香又甜。但是，现在的她必须要吃一个柑橘，这是化开堵住她嗓子眼儿的黏液的唯一办法。以为那个"孩子"在一个果子里，真是再愚蠢不过的念头。她应该抓紧这会儿她不再为美貌伤脑筋的机会到储藏室去。可是……那会不会有点儿怪怪的呢？这是她有生以来第一次强烈地想吃个柑橘。她兴奋不已，啊！多么快活呀！吃一个柑橘。不知道为什么，她从未有过比这个更迫切的愿望。她一定要站起来，再一次像个普普通通的女人那样充满自豪，快乐地唱着歌，走到储藏室那儿去，就像个刚刚来到这个世上的全新的女人。甚至还要走到院子里去，还要……

……回忆被猛地打断了，她这才记起她刚才努力地想起床，而现在她已经不在床上了，她的躯体已经消失，她那十三本心爱的书也已经不在那里，她已经不是她了。现在的她已经没了躯壳，飘飘然悬浮在绝对的虚空，变成了没有形状的一个点，小小的，没有方向。她无法确定究竟发生了什么事情，心里乱乱的，唯一的感觉是好像有人把她从高高的悬崖边上推到了半空,如此而已。可她现在感觉不到任何应力,只觉得自己变成了抽象的人,想象中的人,一个没了躯壳的女人,就好像突然进入了一个高高的、陌生的、住着纯洁灵魂的世界。

她又感到害怕了,但这是一种和先前不同的害怕。这已不是对那个"孩子"啼哭的害怕,而是对陌生事物的害怕,对她新世界里神秘未知的事物的害怕。想想看,一切就这么无缘无故地发生了,至少在她这方面是如此的茫然!等妈妈回到家知道了这件事的时候怎么跟她说呢?她已经在想,当邻居们打开她的房门,发现床上空空荡荡,而门锁完好无损,没有任何人进出过时,会多么大吃一惊呢。她甚至想象到妈妈绝望的面孔,妈妈会在屋里到处找她,不断地猜测,问自己"这姑娘到底出什么事了"。这种景象清晰地出现在她眼前。邻居们都会跑来,对她的失踪编织种种议论——有些人还不怀好意。每个人都会根据自己的方式思考,每个人都会努力给出最合乎逻辑、至少也是最能让人接受的解释,而与此同时,妈妈会绝望地跑遍大宅的每一条过道,呼喊她的名字。

而她其实就在那里,她会从角落里,从天花板上,从墙缝里,从任何一个其他地方,以最合适的角度,在不占据任何空间的无形身体的保护下,看着这一切,看着每一个细节。想到这里,她总有些不安。现在她明白自己犯了什么错误,她将无法做出任何解释,无法澄清任何事,也无法安慰任何人。任何一个活着的人都将无法了解她的这种变化。此刻,她既没有嘴巴也没了胳膊——也许这是她唯一需要它们的时候——无法让大家知道,她就在那里,在她的角落里,和他们的三维世界隔着不可逾越的距离。在新的生活里,她与世隔绝,完全无法捕捉知觉。但她无时无刻不在受到某种东西的震撼,这震撼游遍了也充满了她全身,让她知道,在她此刻所属的世界之外,还有另一个实实在在的宇宙。她听不见也看不见,但她知道那种声音和那种景象。在那里,在那高高的世界里,她开始知道围绕在自己身边的唯有烦恼。

她的穿越只不过过去了一秒钟——当然是以我们世界的时间来衡量——她便已经开始了解她的新世界里的规矩和特点。她的周围一片漆黑。这黑暗要到什么时候才算了呢?难道她一辈子就要习惯待在这种黑暗中吗?发觉自己已经深陷这种稠稠的、无法穿透的黑暗中,她的不安一下子爆发了,她是到了所谓的净界[①]吗?她颤抖了一下,想起从前某一回听说过的有关净界的种种事情。如果她真是到了那里,她身边飘动着的就该是没有接受过洗

[①]基督教信仰中天堂与地狱的边界。

礼的孩子们的纯洁灵魂,那是一千年来死去的孩子们的灵魂。她力图在阴影里寻找,看看附近有没有这样的生灵,他们必然要比她纯洁得多,简单得多。他们远离具体的世界,被迫生活在永久的梦游之中。也许那个"孩子"也在这里,正想办法回到他自己的身躯。

可是事情有点儿不对。为什么她会到了净界?难道她已经死了?没有。这仅仅是一种形态的改变,是从具体的世界向一个更舒服、更简单的世界的正常穿越,在这个世界里,所有空间界限都已不复存在。

现在她再也不用忍受肌肤之下的那些小虫子了。她的美貌也不见了。现在,在这样的原始状态下,她终于可以感到幸福了。尽管——唉!——也还不能算是完全的幸福,因为她此刻最强烈的愿望就是吃一个柑橘,而这个愿望已经变得无法实现。这是她留恋她第一次生命的唯一原因:希望在穿越之后还能满足自己急着想吃点儿酸东西的愿望。她想辨别一下方向,走到储藏室那里去,哪怕是去和柑橘待上一会儿,感受一下那新鲜的、酸酸的味道。直到这时她才明白了自己现在这个世界的规矩:她可以待在家里任何一个地方,院子里,天花板上,那株躺着"孩子"的柑橘树下,她可以在这个具体世界的任何一个地方,然而,她又不在任何一个地方。她再一次感到不安。她已经失去了对自我的控制，现在的她要服从另一个更高的意志，她成了一个无用的、荒唐的、毫无价值的人。不知怎的，她变得伤感起来，几乎又怀念起自己的美貌来，悔不该曾经愚蠢地将美貌挥霍。

突然，一个决定性的想法使她重新打起了精神。以前不是听说过吗？那些纯洁的灵魂可以随意进入任何一个躯体。不管怎样，试一试又能有什么损失呢？她使劲儿想了想，看家里哪一位可以用来做这个实验。如果成功，她将心满意足：终于可以吃到柑橘了。她想起来了，用人们这个时间通常都不在家，妈妈也还没有回来，可她迫不及待地想吃柑橘，现在又很想看看自己怎样附身在另一个躯体之中，这使她想尽早做点儿什么。可问题是家里没有任何人可以让她附体。她心急如焚：家里连一个人也没有。她将终生与世隔绝，生活在没有维度的世界里，连吃生平第一个柑橘都办不到。而这一切的一切，都只是因为她做了一件蠢事。她本可以再忍受几年那烦人的美貌，而不是这样将自己毁掉，像只被擒获的野兽一样自暴自弃。可一切都太晚了。

她垂头丧气，准备打退堂鼓，退到宇宙中某个遥远的地方，退到一个能让她忘掉一切人世间过往欲望的地方。但是，突然间有什么东西使她放弃了这种念头。就在那个陌生的地方出现了一个绝好的兆头。是的，家里面有可以供她附体的东西，那只猫！接下来，她犹豫了片刻，要委屈自己生活在一只畜生的身体里不太容易。她将会有一身柔软的白色皮毛，她的肌肉中将积蓄起奋力一跳的巨大能量。夜晚，她将感觉到自己的眼睛在暗处闪动着两朵绿色的火苗。她还会龇出白森森的尖利牙齿，笑意满满地为妈妈送上发自猫心的微笑。可是不行……不能这样。她突然想象着自己已经钻进了猫的身子，很不舒服地四腿着地，一次又一次地在家里的过道间跑来跑去，还有一条一点儿都不合心意的尾巴胡乱地甩来甩去。这些有着发光的绿眼睛的小家伙的生命会是怎么样的呢？每到夜晚，她会朝着天空号叫，为的是让老天爷不要把水泥般沉重的月光洒在那个"孩子"脸上，"孩子"正仰面躺在那里，吮吸着露珠。兴许变成猫以后，她也会感到害怕，又兴许以后长着一张吃肉的嘴，她将无法吃柑橘。正回忆着，一丝从她灵魂最深处生出的寒意使她浑身一激灵，不，不能变成猫。她心怀恐惧，生怕哪一天会从自己的嘴里、嗓子眼儿里或是长着四条腿的身体里生出想弄只老鼠吃吃的顽固念头。也许当她的灵魂住进猫的身体之后，她就不会再有吃柑橘的念头，而会有一种令人作呕的、活生生的欲望，想吃只老鼠。一想到追逐一番之后齿间会嚼着一只老鼠，她就浑身发抖。她甚至感觉到那老鼠垂死挣扎着想逃走,想再逃回它的窝里。不,不,什么都可以,唯独变这个不行。还是就永远待在这里吧,待在这个住着纯洁灵魂的遥远、神秘的世界吧。

可是,要心甘情愿地过永远被人遗忘的生活也并非易事。为什么她一定会产生吃老鼠的欲望呢?在女人与猫这对组合中,谁是主导呢?是躯体原始的、动物的冲动,还是女人那纯洁的意志?答案是明明白白、一目了然的。什么都不用害怕。她要变身为一只猫,还要吃上她向往已久的柑橘。除此之外,她还会是一只古怪的生灵,一只有着美女智慧的猫。她会再一次成为众人关注的焦点……于是,她第一次明白了一件事,在自己的一切美德之上,原来还有一个形而上的女人的虚荣。

就像一只昆虫竖起它的触角,她把自己的能量集中扫向整间屋子,寻找那只猫。此刻猫应该会蜷睡在火炉旁,做着梦,想着醒来的时候牙齿间能叼着什么美味。可猫不在那里。她又找了一遍,但这一回连炉子都没找见。厨房也不是原来的样子了。房子里的各个角落看上去都很陌生,再也不是原来那些布满蜘蛛网的黑暗角落了。哪儿都看不见那只猫。房顶上、树丛中、沟渠边、床底下、储藏室里,哪儿都找遍了。一切都乱了套。在她觉得应该能再次翻出祖先照片的地方,翻出来的却是一瓶砒霜。那之后,她在家里到处都翻出了砒霜，可那只猫却再也找不见了。家根本就不是原来的家了。她的东西都怎么了？为什么她心爱的十三本书都蒙上了厚厚的一层砒霜？她想起院子里的那棵柑橘树，便去找它，想再在水坑里找见那个"孩子"。可那里也没有什么柑橘树，那个"孩子"也变成了一小把砒霜，和灰土混在一起，被压在重重的水泥板下。现在他终于可以安息了。一切都变了样。家里的房子散发出一股刺鼻的砒霜气味，就像进入了药房深处。

这时她才明白，从她第一次想吃柑橘的那天算起，已经过去三千年了。

一九四七年

突巴耳加音[①] 炼星记

Tubal-Caín forja una estrella

[①] 《圣经》人物,又译土八该隐,被认为是铜铁匠的祖师。

他停住，"那个人"也停了下来。现在他没有什么可怀疑的了。此前的每个凌晨，他都抗拒着，不肯堕入那个黑暗的、阴云密布的世界，而他一生中所有的本领都用一种不可遏制的力量把他推向那里。他曾懂得怎么去抗拒。他也曾拥有旺盛的精力，把清醒一词紧紧地攥在拳头里，那清醒扭动着，反抗着，竭力想从他指缝间逃走，执着地追寻那早已逝去的岁月里曾经属于他的景致。在这个阴雨绵绵的冬天，那景致已经和一幅描写死亡的破碎图景浑然一体。他在那里待过：在雨中站着，像一尊雕像一样不为任何事情所动，任凭阵阵冰雹打在他的眼皮上，脑子里却滚动着一幅幅画面。那使人产生快感、让人苦痛的画面曾经占据他的世界。可他不愿意再回去了。他的嘴里泛起苦味，像冰冷的盐，又像新鲜的青苔。他曾一直以为他的抗拒——虽说有些痛苦——是会有效的。历经犹疑之后，他把仅剩的一点儿精力全都投进了反抗，可他现在终于知道，一切抗争都毫无意义。他曾像一只退居山中的猛兽一样保护自己，像一只受了重伤的狗那样把尖牙龇向那些可怖的鬼魂，但毫无用处。拖着断成几截的肠子在地上爬行是吓不走那些淫荡、好色的乌鸦的。他曾想躲进自己童年的堡垒里作战，也想过在自己的过去和现在之间挖一道种满百合的战壕。但他的一切努力都是徒劳，就像他当年为了获取从妈妈的奶水里得不到的那种暖暖的、润润的舌尖上的感觉，曾啃食过蚯蚓们的土壤，同样没有任何效果。是的，现在这个世界已经向他走来，已经变成了现实，坚不可摧的现实，用一种比他的意志力强大得多的力量凌驾于他的死亡之上。现在，尽管他还在持久地反抗，他知道，他是一定会失败的。渴望。那个永久的渴望就在那里，把他推向石灰墙，在过去每个迷迷糊糊的清晨，这种渴望都塞满他的喉咙。因为就在此刻，就在这个具有决定性意义的清晨，该去面对那刚刚停步在他背后的可怕现实了。他知道，最终他必须用自己的双臂亲手扭断自己叛逆反抗的腰杆，这使他痛苦。他身体里的那个人颤抖了一下。他一动不动，像是钉在了那块地面上，钉在他刚才停下来想弄清楚"那个人"是不是真的又回来了的地方。他感觉后颈有束像石头一样硬邦邦的目光,这目光他曾是那么熟悉,可此刻却变得那么不习惯,就像一只铅铸的拳头落下来,使他犹豫不定,脚跟不稳。"那个人"就在那里,无疑就在那里等待他重新起步,好继续沿着刚刚落过雨的街道紧紧跟在他身后。他现在是一动也不能动了:我必须老老实实地待在这里,我要像一尊石像一样待在这里,哪怕停上七百年。最好的办法是我就在这里变成盐柱,但不要像《圣经》里的那个女人①那样回头看。也许我一回头,就会和"那个人"面对面,也许他就是那个在最近的动荡岁月里一直跟踪我的人。

现在,他屏住呼吸,可以感觉到"那个人"也在呼吸。这是他先前没有觉察到的。"从他第一次来算起,他连续陪了你三年,你就一直没觉察到吗?""没有。可是现在,在这恼人的寂静里,全部注意力都集中在身后,我感觉到了那个缓缓的、不慌不忙的、有时甚至难以觉察的节奏,听上去很微弱,仿佛从一个遥远的肺里发出。然而不管怎样,谁都能听出那是正常的呼吸声,除了慢一点儿和那使人忧伤的节奏外,它没有任何特别之处。""兴许那真是个有血有肉的人,只不过是你的一个朋友想跟你开个玩笑!""不对。就是'那个人'。我后颈受到的那股热浪般的冲击向我证

---
①指罗特(又译罗德)之妻。

实了这一点。这种气味,这种难闻的酒气,还有一股药房的味道,只有我自己活生生的影子才会带来这种气味。"

因为恐惧已经像一块金属薄片一般在他的脊椎里常驻,他知道自己一定会被打败。一阵颤抖从他的趾甲开始悄悄向上升起,像一股乙醚的蒸气,直升到他的小腿肚,继而升到大腿——他的大腿呀!——颤抖沿着垂直的方向慢慢凝结。他的两只脚和两条小腿不再是脚和腿了,而是变成了水泥。灵巧而健壮的双腿变得像两根混凝土柱子,两棵铅铸的树。再往上,在他的肚子里,这股蒸气变得尖锐、锋利,最后变成了强有力的牙齿,先是啃噬,继而又把他滚烫的心脏割裂成两半。他伸出颤抖的手,想就近找一堵结实的墙,可为时已晚。他的手臂就地消失了,消失在无边无际的虚空里,仿佛他曾试图用它们揪住死神那泛着酸味的上腭。他的脑袋里一团乱麻。他就这样无可救药地坠落下去,没有任何人能让他停下来。仿佛有一只冰冷的、瘦骨嶙峋的手把他从悬崖边推了下去。他觉得自己无休止地向深处坠落,落进另外一个时间里,一个完全不同的、已经被人遗忘的时间。又仿佛在这次毫无章法的坠落中,他看见曾经属于他的一连串年岁飞速升腾,以撕裂人心的真实面目,与他那些堕落的无眠清晨一起,一一展现在他眼前。他正向那里坠落,自上而下,笔直地,坠向地狱深处,划出一道跨越四百年的垂线。不错,就是这种眩晕。还是这种眩晕。"这眩晕有个什么名字?""不,不记得了。您最好不要问我名字什么的。现在最好谁也别跟我说话!请允许我和我的死神单独待一会儿,这死神我十二年前就认识了,那一次我被高烧折磨得面目失形,摇摇晃晃地走回家,浑身还裹着我那个虚假世界的温吞吞的气息。""你的眩晕?""是的。它就在这里,安安静静的,待在我的口袋里。别说话,小心它醒过来!你没看见这可怜虫正难受着吗?你看它那双蓝眼睛都变暗淡了。让我们自己待一会儿吧,我们现在要和我们的死神一起把这条鸡腿吃掉。明天我会出现在街上,带着梦游症患者那种沉甸甸的幻觉,像只难以驯服的野兽那样饥渴难当,一口一口地吮吸清晨的气息,正是这股难以驯服的劲头使我没法觉得自己不美,在可卡因那苦痛的天空下,我又美又孤独。不。时间与空间……""谁又敢说出这两个词儿呢?难道您没发现我对这两个词儿怕得不行吗?可是不对。它们并不存在。时间与空间!应该说空间与时间……这样好,倒过来说。我喜欢看见它们倒过来,四脚朝天!""您在这儿找什么玩意儿呢?找不见。您不会找见那眩晕的,我已经把它带上床了。它真可怜。它在我的胃里面待得那么辛苦,我把它带去睡觉了。这就是我的眩晕。现在它已经睡着了,把神采藏进了它蓝色的眼睛里。

别动！""您左脸上怎么啦？对不起，小姐，我忘了带火柴了。劳驾再给我根烟。谢谢了。可您不就是楼梯间那位女郎吗？不。我在别的什么地方见过您。也许是吧……拿着，这就是你那过世的父亲的照片。不要拿我父亲的事情来问我，他已经生活在另一个世界了。他是个高高瘦瘦的老头，浑身透明，左脸颊有点儿抽搐。他眼睛大大的，目光专注。瞧那儿，那张挂在墙上的照片。你没看见吗？那照片跟他长得一模一样。定住神看，你就会看见那照片上的左脸颊也有点儿抽搐。可怜的老头！现在他已经冰冰凉了，和蛆虫一起深埋在地底下，骨头已经在死神耳边发出响声了。让他安息吧，他的大腿上应该还钉着十四根钉子。他像基督一样死去了，腿上钉着钉子。那天下午，只有漫天晚霞在一旁为他哭泣。可现在他和眩晕一样，都睡着了。他们都在那里，像两兄弟一样，担心着自己的蓝眼睛会被毁掉。他们被仰面朝天埋在那里。可我忘了，我正在跟您说话。可又根本不认识您。您不就是楼梯间那位女郎吗？时间与空间。哦，您也会这样念叨！可您为什么要说成这样呢？""空间与时间……这样才对，我是多喜欢看见这两个词儿四脚朝天呀！"

　　此刻他变了个人。片刻之前还在他胸口激烈跳动的心脏慢慢不见了。一阵惬意而宁静的浪潮在他的精神里弥漫开来，让他觉得自己轻飘飘地浮在空中，仿佛重力对他的身体已不再起作用。他忘了——这一回真的忘了——"那个人"还在他背后站着，等待他再一次起步。他情愿就这样站着，一直等到他父亲从死亡中走出来，从深埋着他的那些照片里走出来，想变多大就变多大。对了，父亲如果能从相框里走下来，坐在他的床边，一定很帅气。有一回他看见——就像他小时候偷看过的那样——父亲为了把梦的胚芽种进大腿而往自己身体里扎针。父亲的面孔一点儿一点儿变成脏兮兮的铅灰色，他的身体在房间里也变得像巨人一样庞大。他隐隐约约看见那身体越来越大，想变成什么样就变成什么样，并开始分岔，顶得天花板都开始摇晃了。他看见那身体不断舒展，能经历父亲把这座摇摇欲坠的房子的天花板顶起来的时刻，他的心里涌起一股做儿子的自豪。之后父亲又变得不像父亲了。他成了一个高个儿的瘦子，瘦得令人心疼，就像是谁大喝一声一下子把他劈成了这个模样。他听见父亲在唱歌，那是从强壮的肺里唱出的，迎着东南西北风的歌，他的歌声让深埋着的树根发抖，让人们不知所措，让城市变成灰烬，又像一只拳头一下子击倒了许多教堂，用响起的钟声满足他野孩子般的狂喜。他高耸的头颅就在那里，力量越来越大，向上飞升，把鸽子吓得到处乱飞，他寻找着高高的漆黑的天空，而天空就像熄灭了的灰烬，混混沌沌，没有一丝光亮，他挥动着巨大的翅膀，那蝙蝠般的翅膀长在他无坚不摧的肩头。啊，父亲是世界的主宰！在这片被摧毁了的大地上，只留下了他，他带着忧郁的神情，改变着万物的模样，重新安排江河湖海，而且对自己的工作成果越来越不满意，就像大洪水后的第一个清晨里一个灰心丧气的天神。

可父亲这种变大的过程只持续了短短几秒钟。他看见父亲逐渐矮下来，很快就变成一个小小的、微不足道的生灵，不断地一分为二，越变越多，变成一群一模一样、跑来跑去的小人儿，在房间的各个角落乱窜，活像被火烫得四散逃开的蚂蚁。看见这种魔鬼般的场景，他开心极了，看到父亲变得越来越多，他感到一种真正的愉悦，一种莫名其妙的愉悦。他心满意足地追随着这支小人国的军队，看着他们惊恐万状地在角落里挤成一团，用他们尖刻的、不怀好意的小眼睛看着他，互相碰撞，不断增多，直到把整个房间塞满。头一次他看到这景象时有点儿不知所措；可现在的他已经适应了这种每日的奇景。现在，看见到处都是父亲的身影——桌子上、床底下、书本上，或是吓得半死逃进老鼠洞里——他已经没有一点儿惊诧。恰恰相反，如果没了这个每天上演的节目，他反倒不知道该怎么过日子了。每当他把十个或是十五个这样的小家伙抓在手心，举到眼前的时候，他感觉到一种大男孩的心满意足。最好是总能看见他们这副模样。看到这些小人国的居民为了不滑落到地上，竭力保持平衡，脸上露出恐惧的神情，他十分享受。他们长得一样，一模一样，都面色苍白，灰头土脸，都有他父亲那种神经质的抽搐，就是后来出现在父亲照片上左脸颊上的那种。大腿上都青一块紫一块的，布满深深的孔，身上一股酒精或夜间毒品的气味。每当他收紧手指，攥成拳头，去压他们，或把他们捏死在手心，他们就索索发抖，看到他们这样，他心花怒放！每当看到他们在家具间飞快地东跑西窜，淹死在鱼缸里，被饿红了眼的鱼吃掉，他就觉得太有意思了。他的父亲，越变越多，仿佛一群令人作呕的老鼠。

此时他已经把一切都看得很透彻。"那个人"的归来，意味着所有那些病态的感觉都回来了：那种令人痛苦的经历，即便是在病好了以后，也还会用不可抗拒的力量把他推向让人难以忍受的高烧。他使劲儿回想第一次是什么时候看见"那个人"的，可眩晕又上来了，侵袭着他的胃，一阵一阵，倒海翻江。他像一只痛苦的野兽，绝望地想抓住哪怕一个念头，就像想在这场脑海的惊涛骇浪中抓住一根桅杆，但它们一下子都消失得无影无踪，消失在乱七八糟的往事旋涡里。世界从他的身下突然闪开了，脖子上的绳索也勒紧了——又一次，像头一天晚上那样。不。这一回不能再出错了。我的耳朵在等待颈椎断裂的那一刻。今天我真的想听见那一声脆响。就这样,这样……对不起,您不就是楼梯间那位女郎吗?时间与空间。不,不能这样说。要说空间与时间……这样就对了,四脚朝天!这样棒极了!现在谁也别说我是个胆小鬼,说我没有勇气把自己吊在一棵树上,或是吊在房梁上,把自己的脊柱彻底弄断。"我们都是吸大麻的人,都是变态的人!""是谁在我背后说'这样的话'?"今天那女人不会来了。不会来了。让她和她的楼梯都见鬼去吧。明天他们会发现,我像个水果一样吊在房顶,嗓子被绳索勒得再也不能出声。到那时,我就真的可以说:时间与空间……不对:应该是空间与时间!多美呀,就这样四脚朝天!我应该是已经死了,我这样吊在绳索里,在空中晃来晃去,已经有一会儿了。我已经冰冰凉了。见鬼,我差不多已经开始腐烂。现在不会有人过来用他们那梦游般的声音在我耳边喊:"我们都是吸大麻的人……"他听见外面有些痛苦的声音在呼叫他的名字,听上去甚至有点儿慈爱,还有结实的肩膀用力撞击的声音,房子的墙壁都开始摇摇晃晃。老一套了!一定是有人听见了什么动静,然后邻居们都聚拢到家里来了。这一回一定也像以前一样,在那些肩膀坚定而有力的撞击下,门一定会被撞开,那些人想的无非就是把他从死神手里夺回来。"我是个胆小鬼,是个笨蛋!这一切都是我的软弱造成的,都是因为我害怕这个冰冷的绳圈,它在我额角停留了片刻,好像要打破我的太阳穴似的。倘若他们发现我的时候,我的头卡在一面血染的镜子里,或许更符合我的尊严。又或者,为了满足死神的嗅觉,用火药把自己崩开花更好。"

自那次起,他开始感觉到"那个人"的存在。在他的想象中,"那个人"无处不在。藏在角落里,躲在门背后,监视着他的每个表情和一举一动。他甚至能看见"那个人"滑溜溜的身形和匆匆忙忙逃走时的样子。在饭厅里,他看见"那个人"把一小瓶鸦片撒在饭菜上,然后逃之夭夭。他无处不在,仿佛分身有术,家里、城里、全世界,哪里都有他的影子,就像他父亲一样。夜晚,他听见"那个人"喘着粗气,想用力推倒墙壁,进入他的房间,把他掐死,把滚烫的针扎进他的眼皮,用烧得通红的铁烫他的脚心。不,今天晚上我不能睡觉。"那个人"会趁我睡着的时候把房门打破,进来把我的被单缝起来。我已经感觉到"那个人"用柑橘树的刺扎进我的指甲缝里,扎进我皮肤中。我得保护自己。我得把门钉死,用两块厚木板钉成十字形,让他进不来。我还要在里面上把锁。这里再加一把。再加一把。今天我就加上一打锁。一千把锁!我要在床四周筑上壁垒,再挖上一条货真价实的战壕。

我还要在房子正中央挂上一个铃铛。可你打算从哪儿弄铃铛呢?是谁在那角落里说话,问我问题?是谁!一只铃铛。一只铃铛。

一只铃铛！怎么"铃铛"这个词儿听上去就像铃铛在响？不是问我从哪儿能弄到一只铃铛吗？小姐，我想买一只铃铛。为的是"那个人"进来掐我喉咙的时候我能感觉得到。卖给我一打铃铛吧。可您不就是楼梯间那位女郎吗？一只铃铛！这词儿多棒呀！小姐，您能告诉我这些词儿是什么颜色的吗？有些词儿就像铃铛一样一打就碎。您说什么？说我疯了？呸！一只……可是我一定会发疯吗？在时间与空间里发疯！应该说空间与时间……就是这样，要把这几个字写得大大的，还要四脚朝天！"可您没看见'那个人'正朝这里走来吗？要是他问起楼梯间那位女郎，您别理他就是了。"

可他是在一个像此刻一样的清晨实实在在地感觉到"那个人"的存在的。那天凌晨，回家的路上他千真万确地感到有人在尾随他。"那个人"停下脚步——就像此刻一样停下了脚步。一片静寂。没有人打破那种可怖的安静，那种令人绝望的寂静。他还得再走两三个街区。这是他常走的从小酒馆到家的路。这条路他每天凌晨都要无忧无虑、几乎机械般地走过。可他现在感觉到有人顽固地站在那里，就站在他背后。他等了片刻，竭力屏住喘息，努力不让那一股血气升到自己头上。他的听觉——哪怕是一根大头针落地的声音都能听见的听觉——全力以赴地捕捉任何迹象。远远地，一只钟敲响了凌晨三点。那钟声慢吞吞的，不慌不忙，在他耳边回响，给他带来希望，仿佛是由一个活生生的敲钟人故意敲响的，把他从恐惧中惊醒。他会感到恐惧！我，我会感到恐惧！我曾经三次面对死神，各色各样的死神，每次都安然无恙！他开始有了反应。这会不会是我那特别敏感的听觉产生的幻觉呢？或者是我的神经系统可恶的捉弄呢？我得继续往前走。我必须走完这两个街区，这种恐惧让我像个蠢孩子那样一动也不能动，我必须战胜它。

慢慢地，然而很坚定地，他又开始重新挪动脚步。"那个人"也同样重新起步。他清楚地听到了踏在地面的脚步声。是两个一致的、同时的、一模一样的脚步声。是的，是有人一直在尾随他。现在他已经不像从前那样只是感觉到他，现在他能听到他，几乎能在身后触摸到他。一种超自然的力量推动着他，试图迫使他沿着空旷无人的街道奔跑。他控制住了自己，一动也不动，很长一段时间像瘫痪了一样。他不记得过了多久，但在这混乱的记忆中有一点是他会永远记住的：当他猛地拧转脚步，转过身去，和"那个人"面对着面的时候，迎面而来的冰冷一击。眼前所见他将终生难忘！

绳索在他的脖子上越勒越紧，现在是最终时刻了。他感觉到了那声脆响，那颈椎脱节的可怕一击。在隔壁房间，有人说了句天知道是什么的怪话：是和楼梯间那位女郎有关的什么事。一个

49

声音开始一遍又一遍地呼唤他的名字，仿佛发自一个被塞住的嘴巴深处。那是一个熟悉的声音，甚至很亲切；那是深深地消失在了下面的"那个人"的声音，消失在浑浊的、发着高烧的底部的声音。而那一次——就像此刻一样——他紧紧地抓住死神身体的一侧，像个被击倒的人，又像只被打败的狗。

              一九四八年

死神的另一根肋骨

La otra costilla de la muerte

不知为什么，他突然惊醒了。一股辛辣的气息，像香堇菜，又像福尔马林，结结实实地，自由自在地，从旁边房间传过来，和清晨花园里刚刚绽放的花朵的香气混成一体。他竭力想镇静下来，恢复在梦中突然失去的精力。天应该已经亮了，外面的菜园里，小溪在菜蔬间流过，水声潺潺。从打开的窗户看出去，天色碧蓝。他环顾了一下阴暗的房间，努力想为自己既突然又在意料之中的惊醒寻找一个答案。在他印象里，而且肉体上也确切感觉到，就在他睡着的时候，有人进来了。可是，房间里只有他一个人，房门从里面锁着，没有任何被破坏的迹象。窗外的天空中，启明星闪闪发亮。他静了一会儿，仿佛要让自己从被推到梦境表面的神经紧张里松弛下来，他闭着眼睛，脸朝上，开始重新寻找自己被打断的宁静心情。他喉部的血液仿佛一下子不再流动了，再往下，胸膛里心脏怦怦跳动，又重又快，仿佛他刚刚激烈奔跑回来。他在脑海里把刚过去的几分钟又想了一遍。也许是自己做了个奇怪的梦。也说不定是场噩梦。不。没有什么特别的事情，没有任何理由让他从"那件事"里猛然惊醒。

他坐在一列火车上（这会儿我已经能够想起来了），外面的风景（这梦我经常做）死气沉沉，树是人造的，假的，树上该结果子的地方结的都是剃头刀、剪子之类的理发店里用的家什（这么一说我倒想起自己该收拾一下头发了）。这个梦他以前做过不止一次，但从来没有使他如此惊心动魄。有棵树后面站着他的兄弟，就是那天下午被埋葬的他的双胞胎兄弟，正冲着他做鬼脸（这种事在现实生活中倒也发生过一两次），让他把火车停下来。发觉自己发出的信号没起作用，他的兄弟开始在车厢后面追，直到气喘吁吁地跌倒在地，满嘴冒白沫。不错，的确，这梦荒唐，一点儿道理都没有，可这绝不是他被惊醒的原因。他又闭上了眼睛，血流像一只捏紧的拳头，还在一下一下地冲击他的太阳穴。火车开进了一段荒凉的、景色乏味的不毛之地，他的左腿感到一阵疼痛，不由得把注意力从风景那儿收了回来。他看见（我真不该再穿这双紧脚的鞋子）中间那个脚趾上长了个瘤子。仿佛做一件习以为常的事情一样，他很自然地从口袋里掏出一把螺丝刀，用它把瘤子的头挖了出来，又小心翼翼地把它放进一个蓝色的盒子里，（梦里能看见颜色吗？）然后他看见在伤疤那儿冒出了一段油腻腻的绳子头儿，黄色的。他没有丝毫不安，像是早就等着这段绳子出现一样，慢慢地、仔细而精准地把它拉了出来。这是一段长绳子，长极了，是自己长出来的，既不难受也不疼。一秒钟过后，他抬头一看，车厢里已经空无一人，只有他兄弟待在另一个小包间里，穿着女人的衣服，站在镜子面前，用一把剪刀努力想把自己的左眼挖出来。

其实，他一点儿也不喜欢那个梦，可是不知为什么这梦会让他血脉贲张，而前几次他做那种令人毛骨悚然的噩梦时，还是总能控制自己保持平静的。他觉得自己双手冰凉。那股香堇菜和福尔马林的气味又来了，而且变得越来越难闻，甚至有些刺鼻。他闭起双眼，尽力克制呼吸的哨音，努力想找到一个无关紧要的主题，好让自己再一次沉浸到几分钟前被打断的梦境中去。比方说，他可以想想，再过三个小时，我得去趟殡仪馆把费用结清。角落里，一只熬夜的蛐蛐振翅长鸣，房间里充满它锋利的鸣叫声。他紧张的神经开始缓慢但却有效地放松，他感觉肌肉也重新松弛了下来；仿佛躺在松软而结实的床罩上，身体轻飘飘的，仿佛失去了重量，一种惬意的、懒洋洋的甜蜜感浸透全身，躯壳一点儿一点儿地失去了自身固有的物质感，不再是沉重的尘世的物质，而那明确着他的身份，不可混淆地将他精确定位于动物等级中的某个位置，并用复杂的构造支撑着一整套分工精细的系统和器官，将他推上理性动物的无上等级。此刻，眼皮也格外听话，自然地搭在角膜上，双臂和双腿也自然而然地丧失了独立性，慢慢混为一体；仿佛全身的机体都混成了一个巨大而完整的器官，而他——作为一个人——也将自己凡人的根须舍弃在一边，扎进了更深也更结实的根须之中，扎进了某个具有决定性意义的完整的永久梦境之中。他听见在世界的另一端，蛐蛐的叫声一点儿一点儿弱下去，直到最后从他的感官里消失，他的感官已转而向内，这使他对时间和空间有了一种全新的简单概念，把这个物质的、肉体的、苦痛的，并且充满着虫子，充满着香堇菜和福尔马林难闻气味的世界从眼前抹去。

他静静的，在暖洋洋的、渴望已久的宁静氛围的笼罩中，那种每日里假死的轻飘飘的感觉袭上心来。他沉浸在一种和蔼的境界里，那是一个舒适而理想化的世界：仿佛是孩子们设计出来的，其中没有代数方程式，没有爱人的离别，也没有地心引力。

他不知道自己在这包裹着梦境与现实的崇高境界度过了多长

时间；但他突然想起了什么，就像喉咙突然被人用刀子割断了一样。他从床上跳了起来，感觉到他那死去的双胞胎兄弟就坐在他的床边。

又一次像从前一样，心脏一下子跳到了嗓子眼儿，使他猛地跳了起来。清晨的阳光、还在烦人鸣叫的蛐蛐、一台孤零零响着的跑调手风琴，外加从花园里升腾而起的清新空气，这一切都使他重回真实世界；但这一回，他总算明白了自己为什么会惊醒。在似醒非醒的短短几分钟里，还有（此刻我已经明白了），在他自以为做了个静静的、一点儿也不复杂、没有任何思想的梦的整个晚上，他的心思被牢牢地拴在了一个影子上。这影子经久不散，经久不变；这影子我行我素，不管他的意志和思想怎样不情愿，还是强行闯入了他的思想。是的，几乎是在他不知不觉之间，"那个"思想支配了他，充斥并且占据了他的全部身心，不管他想着什么别的事情，它都成为一个固定的背景，成为他思维活动的支撑和最后的脊梁，不分白天和夜晚。他对他那双胞胎兄弟的尸体的印象已经牢牢地扎根在他生命的中心位置。而现在，人们把他兄弟放在那一块小小的地盘里，让他的眼皮在雨中战栗，他从心底感受到对这个兄弟的恐惧。

他从未想过这打击会如此剧烈。从半开半闭的窗户那儿又飘进了气味,只是现在混杂着另一种潮湿的泥土味儿和地下的尸骨味儿,他的嗅觉怀着兽类般的巨大快乐幸灾乐祸地迎上前去。许多个小时之前,他看见他兄弟像只受了重伤的狗一样在被单下面扭来扭去,咬着牙齿发出最后的号叫,嗓子眼儿里像是塞满了盐;又使劲儿用指甲挠着,想止住顺着后背直升至肿瘤根部的疼痛。他无法忘记他兄弟如何像一只垂死的动物那样咬紧牙关,不愿意接受面临的现实,而那现实早已和他的身体紧紧拴在了一起,就像死亡本身一样,冷酷而持久。他看见他兄弟怎样度过了痛苦的垂死时刻。看见他如何挠着墙壁直到把指甲挠断,想抓住从指缝间流逝的最后一线生机,他的手指流着血,而肿瘤却像个无情的女人一样,折磨着他。然后又看见他躺在一张凌乱不堪的床上,带着一丝认命的倦意,浑身大汗,露出满是泡沫的牙齿,向世界掷出可怕的、魔鬼般的微笑,死神已经开始沿着他的骨头降临,就像一条灰烬的河流。

此时,我想到了他肚子里早已不再疼痛的肿瘤。我想象它是圆圆的(这时他真有了生了肿瘤的感觉),肿肿胀胀的,像是肚子里装了个太阳,又像是只黄色的虫子,把它绵绵不断的丝一直吐到肠子的尽头,让人受不了。(他感觉肠子里一阵搅动,像内急一样。)兴许我什么时候也会长一个他那样的肿瘤。开头会是小小的,圆圆的，然而它会长大，长得枝枝杈杈的，在我的肚子里越长越大，像是怀了个孩子。当它打算活动活动的时候，我会感觉它像个梦游的淘气孩子在里边动来动去，它盲着双眼，从我的肠子之间穿过（想到这里，他用手捂住胃部，想止住剧烈的疼痛），向着暗处举起渴望的双手，寻找温暖的子宫，那永远也不可能找到的、亲切宜居的子宫；与此同时，它那神奇动物般的一百只脚互相纠缠着，变成了一条长长的黄色脐带。是的。也许我（我的胃呀！）就像我那刚死去的兄弟一样，在五脏六腑的最深处会长出一个肿瘤。花园里先前散发的气味此刻又飘了进来，而且愈加浓烈，更惹人讨厌了，浓烈得令人作呕。时光仿佛停在了清晨那一刻。启明星仿佛被冻在了窗玻璃上，隔壁的房间还在不断地散发着福尔马林的气味，头一天晚上那儿一直停放着尸体。确实，它和花园里的气味一点儿都不一样。比起各种各样的花朵混在一起的气味，它更使人痛苦，也更特别。这是一种你一旦接触便总会联想起尸体的气味。这是阶梯教室里甲醛留下的冷冰冰的、四处弥漫的气味。他想到了实验室什么的。想起了保存在纯酒精里的内脏；想起了被做成标本的鸟。一只兔子被注射福尔马林，它的肉会变硬，会脱水，会失去柔软的弹性，最后变成一只不朽的、永生的兔子。福尔马林。这气味究竟是从哪儿来的呢？这是防止腐烂的唯一办法。如果我们人类的静脉里也有福尔马林，我们也会像那些泡在纯酒精里的解剖动物一样吧。

他听见屋外越下越大的雨敲打在半开半闭的窗玻璃上。一股清新欢快的空气带着潮气涌进屋里。他的双手越发冰凉了，这使他觉得似乎自己的动脉里也有福尔马林，又似乎院子里的潮气一直侵入了他的骨头。是潮气。在"那边"潮气很重。他带着点儿苦恼，想到在冬日的夜晚，雨水渗透了草木，潮气会一直渗到他兄弟的身旁，像一条实实在在的水流流遍他兄弟全身。他觉得死人恐怕需要另外一套循环系统，才能让他们快快地走向另一个最终的、不可避免的死亡。他这会儿希望的是别再下雨，最好全年都是夏天。想到这里，他觉得雨水不停地打在玻璃窗上发出噼噼啪啪的声音真够烦人的。他想，墓地里的黄土要是干的就好了，就这么永远干着，因为一想到十五天后，潮气将沿着他兄弟的骨髓流淌，他就心烦意乱：地底下将不再有另一个和他长得一模一样，像一个模子里倒出来的人了。

是的。他们是双胞胎兄弟，长得一模一样，谁都没法第一眼把他们区别开来。以前，当他们俩各过各的日子时，就是简简单单的两个双胞胎兄弟，两个独自的、不同的人。两人在精神上毫无共同之处。可现在，严酷而可怕的现实像只无脊椎动物沿着后背向上爬行：在他的完整环境中有什么东西消融了，有一种什么东西变成了真空，就像在他身旁裂开了一道深渊，又像突然有只巨斧将他的身体劈去一半；这儿说的不是有着精准定义的、具体的、解剖学的身体，不是这个现在正心怀恐惧的肉体，而是另一个身体：它存在于他这个肉体之外，在黑黢黢、湿漉漉的娘肚子里就和他一起沉浮，和他一起可以顺着古老的家族谱系分支向前代追寻，他们身上都流淌着四对曾祖父母的血；它来自遥远的过去，来自世界之初，用它的分量，用它奇妙的存在，维持着全部宇宙的平衡。可能他身上流淌着的是依撒格和黎贝加的血，而那个抓住他脚后跟来到人世的兄弟，经代代相传，夜夜相继，在一次又一次的接吻和爱抚中跌跌撞撞而来，经动脉和睾丸的传承，终于像完成了一次夜间旅行一样，来到了他的新妈妈的子宫。祖先们神秘莫测的旅程此刻痛苦却又真实地呈现在他面前，现在，平衡已经打破，方程式也有了最终解。他知道，在他均衡的人格和平日里完整的外形之中缺少了点儿什么：雅各伯总算彻底摆脱了他的脚踝！①

在他兄弟生病的日子里，他并没有这种感觉，因为那憔悴的

---

① 典出《圣经》。依撒格（又译以撒）和黎贝加（又译利百加）是夫妻。厄撒乌（又译以扫）和雅各伯（又译雅各）是他们的长子和次子，后者抓着前者的脚后跟出生。本书中采用天主教译名。

脸庞被高烧和疼痛折磨得变了形，胡子长得老长，和他的脸一点儿都不像。可当他兄弟直挺挺地躺在那里死了之后，有人叫来了一位理发师，让他给尸体"修整修整"。那人穿着白大褂，带着他那个行当干干净净的一套工具到来时，他紧紧地贴在墙上，一直在场。那人有老师傅的精细手法，先给死人的胡须抹上泡沫（满嘴的泡沫：他临死时我看见的他就是这个样子），然后慢慢地，就像是要一点儿一点儿揭开一个重大机密那样，开始给他兄弟刮胡子。他就是在这个时候被"那个"可怕的念头击中的。随着剃刀的移动，他那双胞胎兄弟苍白的、脏兮兮的面孔渐渐露了出来，他也渐渐发现，那具尸体对他来说并不陌生，那是用尘世里和他一模一样的材料制成的，简直就是他的翻版。他有一种奇怪的感觉，好像他的亲人们从镜子里把他的模样拉了出来，就是他刮胡子时总在镜子里照见的那个模样。只是这模样过去总是回应着他的每一个动作，现在却自立门户了。过去他每天早晨都能照见它在镜中刮胡子。可现在他不得不面对一个戏剧性的场面，看着另一个人在给自己镜子里的影像刮胡子，而他自己的物理存在则被无视了。他确定并且肯定，如果他这时走到一面镜子跟前，那镜子里肯定是空空的，什么都没有，虽然物理学不可能给这种现象做出一个正确的解释。这就是所谓的分裂的概念吧！而他分出来的竟是一具死尸！他绝望了，想对此做出点儿什么反应，他摸了摸坚实的墙壁，摸上去时就像被一道安全电流打了一下。理发师干完活，用剪刀尖合上了尸体的眼皮。漫漫长夜就此来临，陪伴着这个破碎躯体的唯有不可逆转的孤独。他们俩就是这么像。一模一样的兄弟俩，像得令人心烦。

就在这时，就在他观察这两种本性怎么能如此亲密地联系在一起时，他突然觉得要发生点儿什么特别的、意想不到的事情。他想象着这两个身体在空间里的分离仅仅是一种表象，实际上他们俩是一体的，是一个整体。也许等到死掉的那一个机体腐烂的时候，他，活着的这一个，也会在他自己活生生的世界里开始腐烂。

他听见雨打在玻璃上的声音更急了，蛐蛐的叫声突然停了。他的双手这会儿冰凉冰凉的，简直不像是人的手。福尔马林的气味更重了，让他想到他那双胞胎兄弟会不会正从那边，从那冰冷的土圹里引领他也去烂掉。这太荒唐了！也许情况正好相反！那个施加影响的应该是他，活着的他，精力充沛、活力四射的他！又或许——在这个层面上——他也好，他的兄弟也好，都不会有任何变化，他们会在生死之间保持着一种平衡，来对抗腐烂。可又有谁能确保这一点呢？难道就没有可能是他那个埋在土底下的兄弟保持着不朽，而腐烂反而像蓝色的章鱼，来侵袭他这个大活人吗？

他想，最后那个假想的可能性最大，于是便耐住性子，等待那可怕一刻的到来。身上的肉变得肥肥软软，他觉得有一种什么蓝色的东西缠住了他的全身。他朝下闻了闻，想闻闻自己身上的气味，可鼻孔里闻到的只有隔壁房间里福尔马林那令人战栗的、冷冰冰的气味，绝不会弄错。再也没什么可愁的了。角落里，蛐蛐又打算重新鸣叫，天花板的正中央渗出了一滴大大的水珠。他听见水珠落了下来，心里一点儿也不奇怪，他早就知道那儿的木头已经朽了，但他心里想象着，那一滴水是由健康而友善的新鲜的水形成的，它来自天国，来自一个更广阔、更好的世界，那里愚蠢的事要少很多，比如爱情呀，消化呀，双胞胎呀什么的。兴许这一滴水在一个小时内就能灌满整个房间，也可能需要一千年的时间。然后溶解掉这具凡人的躯壳，溶解掉这个什么都不是的物质，这堆物质可能——为什么不呢？——在短短的时间内就会成为一堆黏糊糊的白蛋白和血清的混合物。现在一切都不要紧了，在他和他的坟墓之间只隔着一样东西：他的死亡。他心灰意懒，听见那滴水珠，大大的，重重的，精准地落在了另一个世界里，落在了那个理性动物所在的错误而荒唐的世界里。

一九四八年

镜子的对话

Diálogo del espejo

前文中说到的那个男人，在像个圣徒那样睡了一大觉之后，已将那个清晨里的忧虑和不安忘却，醒来时天色不早，房间半开半闭，空气里已经透进了——完完全全地——城市的嘈杂声。如果不是被另外一种情绪所主宰，他此刻一定还在想那些关于死亡的挥之不去的烦心事，想他那心中满满的恐惧，想他兄弟舌头底下含着的土——那是肉身化成的黄土。可是，欢快的阳光照耀在花园里，转移了他的注意力，让他注意到另一种更正常、更俗世的生活，尽管比起他那令人恐惧的内心世界来，可能会有点儿不真实。他过的是正常人的生活，也是一个动物每天都要过的生活，这使他想起了——不考虑他的神经系统和他那容易出问题的肝脏——他无法像一个布尔乔亚那样睡大觉。他想起了——这回还真的有点儿像布尔乔亚算账——那个由数字组成的绕口令,以及办公室里那些财会难题。

八点十二分了。今天我肯定要迟到了。他用手指肚揉搓着脑门,一直搓到脸上。他的皮肤很粗糙,满是粉刺,手指头摸上去有一种摸在毛发上的扎手感觉。后来,他又用半开半合的手掌小心翼翼地摸了摸心不在焉的面庞,带着一种冷静,如同找准了肿瘤位置的外科大夫。从柔软的表层向里可以摸到一层实实在在的硬东西,这会时不时冲淡一些他心中的苦恼。就在那里,在手指肚下面——手指肚下面,骨头顶着骨头——在他不可改变的体格条件之下埋藏着一整套合成物,一个紧密的、由组织构成的宇宙,那里有若干微型世界,一直支撑着他,把他的肉身架到一定高度,只是这高度当然比不上他天生的骨架来得更持久。

不错。就这样枕在枕头上,把头埋进柔软的东西里,身体放平,所有的器官都歇息,这时候的生活有一种平躺着的滋味,一种更符合生命本身要义的惬意。他知道,只要轻轻闭上眼睛,那个正等着他的看不到尽头的累人的活儿,就会在简简单单的气氛中得到解决,而且不需要对时间和空间负任何责任;也不用担心在这期间组成他身体的那个合成物的奇迹会受到哪怕最轻微的伤害。相反,在这种情况下,闭上了眼睛,还可以最大程度地节约生命资源，绝不会损耗各个器官。而他的身体则浸没在梦的温柔乡里，还能够动弹，能够生存，并向着其他生存方式进化。在那里，为了满足他内心的本质需求，他的真实世界将会拥有同样浓烈的情感——甚至更浓烈——有了这样的情感，生存的需要将会被充分满足，而不损害他身体的完整。在那里，待人接物会变得更容易，而做法仍旧和真实世界里一样。必须要做的工作，像刮胡子、乘公交车、解决办公室里的那些方程，在他的梦中会十分简单，一点儿也不复杂，而最后给他带来的内心满足感是一样的。

那么好吧。最好就以这样人为的方式去做，就像他已经在做的这样：在亮堂堂的房间里寻找镜子的方向。倘若不是一架粗鲁又荒唐的笨重机器打破了他刚刚开始的梦境，他本来是可以接着这么做下去的。现在，他回到了常规世界，问题又真的变得严峻起来。然而，被刚才偷懒的念头所启发的那个奇怪理论给了他一个导向，于是他感觉自己的嘴正向两边咧去，做出的表情应该像是一个不经意的微笑。他恼了。（其实在心底，他仍在继续微笑。）我还要刮脸，可我二十分钟后就要把自己投进那一堆文件里。洗澡八分钟，快快洗也得五分钟，早餐七分钟。难吃的陈年香肠、玛贝尔商店、调味瓶、螺丝钉、药品、烈性酒，这些就像是那个什么盒子，那词儿我忘了。星期二公共汽车总爱坏，得七分钟。

彭朵拉。不对:是裴尔朵拉。也不是。一共只有半小时。没时间了。那词儿我忘了，是一个里头什么都有的盒子。佩朵拉。反正是以字母 P 开头的。

有一个人穿着睡衣，站在洗脸盆前，脸上倦意未消，披头散发，胡子也没刮，没精打采地从镜子里向他瞟了一眼。一丝轻微的惊恐像根冰冷的细线向他袭来，他在那个人身上发现了他死去的兄弟刚起床时的样子。一样的带着倦意的面孔，一样的还没有完全醒来的目光。

他变换了一下动作，向镜子里的那人送去一个眼神，算是个示好的表情，但那眼神同时给他反馈回来的——正好和他的愿望相反——却是个粗鲁的鬼脸。放水。热水大量涌了出来，浓浓的白色蒸汽像浪潮一样把他和镜子隔开了。他这才——抓紧这点儿间歇快快行动——和自己的时间达成了一致，也和水银镜子里的时间达成了一致。

剃刀在磨刀皮带上发出刺耳的金属声，耳朵里灌满了锋利的声音和冰冷的金属声；那阵云雾——已经散去了——重新又把那另一张脸显露出来，显现在物理难题与数学定律的迷雾中。不过，几何学倒是努力给出一种新的计量方法，一种光线的具体形式。那张脸就在那里，在他的对面，有脉搏，有自己的心跳，在被浓重的水汽弄得湿漉漉的镜子另一侧演变出一种与他同步的表情，一种似笑非笑、嘲弄的表情。

他微笑了一下。（那人也微微一笑。）他——朝着自己——伸了伸舌头。（那人也——对着真人——伸出舌头。）镜子里的人舌头黏糊糊的，颜色泛黄。"你的肠胃出问题了。"他给那人做出了诊断（没说话），扮了个鬼脸。他又微笑了一下。（那人也报以同样的微笑。）可是他现在看出来了，在那人回报的微笑里，有一种蠢蠢的、不自然的、虚伪的东西。他用手弄了弄头发（那人也用手弄弄头发），他用的是右手（那人用左手），随即他露出了不好意思的眼神（这眼神瞬息即逝）。他对自己这样站在镜子面前傻瓜似的做着各种表情觉得怪怪的。可又一想，大家在镜子面前看到的不都是一样的举动嘛，这样一来他更生气了，既然实际上大家都是这样的傻瓜，那他不过是在做人人都在做的事罢了。八点十七分了。

他知道，如果不想被公司炒鱿鱼，就得加快点儿速度了。这一段日子，公司早已变成他每天葬送自己的地方。

肥皂蘸在刷子上，稍稍泛出白里透蓝的颜色，这使他从忧心忡忡的状态中稍稍恢复。肥皂沫顺着身体，顺着动脉网铺开的时候，也就是他的生命机器运转得利索一点儿的时候。就这样，他一点儿一点儿地恢复到了正常状态，觉得脑子里进点儿肥皂水，才更方便寻找和玛贝尔商店作比较的那个词儿。裴尔朵拉。玛贝尔杂货铺。帕尔朵拉。调味瓶或是药店。也许都是吧：彭朵拉。

肥皂盒上，泡沫多得像开了锅一样。可他还在刷来刷去，几乎刷上了瘾。这儿童式的游戏显然给他带来一种大孩子的快乐，这快乐直上心头，沉甸甸、硬邦邦的，像廉价烈酒。再做一点点努力就可以找到那个音节，让那个词儿脱口而出，也让他那不争气的记性从一摊浑水里摆脱出来。可是这一回，像先前许多回一样，他这个系统里的零件七零八落，没法精确地组合成一个有机的整体，于是，他准备永远放弃这个词儿了：彭朵拉！

该放弃那种毫无用处的寻找了，因为（两个人都抬起目光，互相看见了对方的眼睛）他的双胞胎兄弟正拿着沾满泡沫的刷子，开始往自己下巴上涂一层清凉的蓝白色，左手（他则用右手模仿）轻巧而准确，直到把尖尖的下巴涂满。他把目光移开，时钟上的指针顽强地向他指明了一个新的痛苦定理的解决之道：八点十八分。他太慢了。于是，抱着快点儿刮完的坚定信念，他的小拇指灵活地加快了牛角柄剃刀的运动。

他算了算，三分钟应该可以干完这件活儿，就把右（左）臂抬到了右边（左边）耳朵的高度，顺便还观察了一下，这世上恐怕没有比镜中那人刮胡子的方式更费事的了。他已经从中推算出了一整套探究光速的极其复杂的算法，那光线射过去再反射回来，几乎同时复制着他的每个动作。可是，他身上唯美主义的那一面，在经历了差不多和他计算出的速度的平方根相媲美的努力之后，终究战胜了他身上数学家的一面，于是，艺术家的思想渗透到了剃刀的动作上，随着光线的变幻，剃刀下呈现出或绿或蓝或白的色彩。他飞快地（这时数学家和唯美主义者讲和了）把剃刀的锋刃顺着右边（左边）脸颊一直刮到了唇边，并且心满意足地看见镜中那人的左脸在泡沫之间被刮得干干净净。

他还没来得及甩干净剃刀，厨房里就飘过来一阵烟，烟里有煎肉的辛辣香味。他觉得舌尖下一阵颤动，一股细细的口水渗了出来，嘴里充满了热黄油的浓烈味道。是煎腰子。那可恶的玛贝尔小店总算有点儿新花样了。彭朵拉。还是不对。调味汁浇在腰子上的声音在他耳边响起，他不禁想起了那连绵的雨声，其实就是今天清晨的雨声。所以别忘了穿雨鞋雨衣。浇汁的腰子。不会错的。

在他所有的感官中，最不靠谱的就是嗅觉。但不管他的五种感官怎么样，也不管那过节般的感受是否只是他主管分泌的腺体太过乐观，此刻，尽快干完手头的活儿才是他五大感官最最关切的事。他精确而轻巧地（这时数学家和唯美主义者又开始互相龇牙了）把剃刀从后往前（从前往后）举到左边（右边）嘴角，又用左手（右手）拉紧皮肤，让剃刀刮起来更顺当些，从前到后（那人是从后到前），从上到下（这回那人也是从上到下），就这样（两个人都气喘吁吁的），同时完结了这项工作。

可就在他已经干完活儿，用自己的右手最后拍拍左脸的时候，他在镜子里看见了自己的胳膊肘。这胳膊肘看上去又大又怪，很陌生，他又吃惊地看见，就在这胳膊肘之上，一双同样睁得很大、同样陌生的眼睛，几乎突出眼眶之外，正寻找剃刀的去向。有人正在想掐死我兄弟。那是一条强有力的胳膊。血流了出来。我每次刮快了都是这样。

他在脸上寻找那个伤口；可他的手指头干干净净的，摸上去也没什么不顺的。他吃了一惊。他的皮肤上并没有伤口，可在那一边，镜子里的那人却有一点儿出血。在他内心里，他又真切地感到那种烦恼，担心头天夜里的种种不安会重现。担心此刻站在镜子面前，又会有那种分裂的感觉。可那下巴就在那里（圆圆的：一模一样的面孔）。刮这种长在小坑里的毛发得把剃刀立起来才行。

他觉得看见了一股乱糟糟的水汽遮住了自己那个影像匆匆忙忙的神色。会不会是因为自己刮胡子刮得太快了（数学家完全控制了局面），光线没来得及跑完那段距离，没能录下所有的运动呢？

会不会是自己太着急，领先镜子里的影像，比它提前做完了这件事呢？又会不会是（这一次艺术家经过短暂的战斗赶跑了数学家）那影像拥有了自己的生命，决定——为了能自己过一段简简单单的生活——比它的外部主人慢一步结束工作呢？

他带着明显的不安打开了热水龙头，感到暖暖的、浓浓的蒸气升腾起来，脸被新放的水打湿的同时，两只耳朵里充满了咕噜咕噜的声音。刚洗过的毛巾毛茸茸的，一挨上皮肤，就使他像只爱干净的野兽一样满意地深吸了一口气。潘多拉！就是这个词儿：潘多拉！

他诧异地看了看毛巾，闭上眼睛，心里有些迷茫。此刻，在另一边，镜子里，一个和他一模一样的面孔，正用傻傻的大眼睛注视着他，脸上挂着一道紫黑色的细线。

他睁开眼，笑了笑（那人也笑了笑）。此刻，对他来说什么都不要紧了。玛贝尔商店是个潘多拉的盒子！

浇了汁的腰子热腾腾的气味真香，这会儿香得让人更着急了。于是他心满意足地——确确切切的心满意足——感觉到，在他的灵魂深处，一只硕大的狗摇开了尾巴。

一九四九年

三个梦游者的苦痛

Amargura para tres sonámbulos

她就在我们这里，孤零零地待在房子里的一个角落。我们把她的东西取来之前——就是些闻上去有刚锯开的木头味的衣裳，还有她用来走泥路的轻得没一点儿分量的鞋子——有人跟我们说过，她肯定适应不了那种慢腾腾的生活，没有一丝甜蜜滋味，除了打不破的结结实实的孤独，再没有其他消遣，而且这生活还要一直紧贴在她的背后。又有人说——好长时间之后我们才想起这话——她也曾经有过童年。也许当时我们都不太相信。可现在，看见她就坐在角落里，两眼充满惊恐，一根手指放在唇上，我们兴许都认可了，她的确有过童年，而且她曾经能敏锐地感觉到雨水将至的凉爽，也总能侧身承受突如其来的阴影。

那个下午，我们明白了她虽说有过可怕的经历，她却是一个完整的人,我们相信了这一切——还有其他很多事。当她突然痛苦地失声尖叫起来,仿佛身体里有块玻璃被打碎了,我们就明白了;她开始逐个叫出我们的名字,满脸泪水地说起话来,直到我们都在她身边坐下;我们开始唱歌、拍手,好像我们的声音能够把那碎了一地的玻璃重新接到一起。到了那个时候我们才敢相信,她真的有过童年。仿佛她的尖叫声在某些方面活像一次显灵,又仿佛这叫声里有不少记忆中的树木和深深的河流,她坐起来向前倾过身子——那时她还没有用围裙遮住脸,也没有擤过鼻子,脸上还挂着泪珠——对我们说了句:"我不会再笑了。"

我们三个人走出来,走到院子里,一言不发,可能我们认为大家的想法都一样吧。也许我们都在想,这会儿屋里还是别开灯为好。她兴许想一个人待一会儿,坐在昏暗的角落里,编着辫梢,在她变成野兽的过程中,这条辫子大概会是唯一留存下来的东西吧。

我们在外面的院子里坐了下来,头顶上大群的小虫子飞成了一团雾,我们开始想她的事情。这种事我们先前也做过。也可以说,我们现在做的是我们日常生活中每天都在做的事情。不过那天晚上的情形不太一样:她说她不会再笑了,以我们对她的了解之深，可以确定的是，噩梦已经变成了事实。我们围成了三角形，想象着她在里面的模样：她出着神，连屋里多得数也数不清的钟表的声音也没有心思去听，而她正是在这些钟表一点一滴、一丝不苟的节奏中慢慢变为尘土的。"哪怕我们有勇气去盼望她死掉也好呀。"我们不约而同地这样想。可我们就想让她保持这样：丑丑的、冷冷的，这算是我们给我们不为人知的缺点再增加点儿自私的成分吧。

我们早就是成年人了，很久以前就成年了。而她是我们家里最大的一个。那天晚上，她本可以和我们坐在一起，身边围坐着一群健健康康的儿女，看看天上的星星是怎样温柔地眨着眼睛。她原本也可以嫁个有钱人或是做某个靠谱男人的情妇，当个体面的主妇。可她却习惯了单维的、直线般的生活，也许是为了不让人们从侧面看出她的缺点或美德吧。我们了解这一切已经有好几年了。就连一天早晨起床后发现她脸朝下趴在院子里，啃着泥土，一动不动，我们也一点儿没感到吃惊。有人告诉我们说，她死了；她是从二楼的窗户摔下来的，摔在了硬硬的黏土上，然后就直挺挺、硬邦邦地趴在那里，趴在潮湿的泥地上。可后来我们才知道，她身上唯一没有摔坏的是对被人疏远的恐惧，是与生俱来的面对虚无的恐惧。我们架着肩膀把她抬了起来。她倒不像我们一开始以为的那样梆硬。相反,她浑身像散了架一样,不听使唤,像个身上还暖暖的死人,还没开始变硬。

我们把她脸朝着太阳放下,就像放在一面镜子前,她眼睛睁着,嘴脏脏的,里面满是泥土,对她来说,这滋味一定和坟墓里的土差不多吧。她用一种暗淡无光、十分中性的神情看了我们大家一眼,这表情给了我们一种感觉——这时我们已经把她抱在了手臂里——她已奄奄一息。这时,她微微一笑,又看了我们大家一眼,然后就一直带着这种微笑,每天晚上睡不着觉在屋里走来走去的时候,她总是带着这种冷冷的、静静的微笑。她告诉我们,她不知怎么就到了院子里。她说她觉得很热,听见一只蛐蛐在尖叫,好像——她就是这样说的——要把她房间的墙壁推倒一样,又说她脸摔到水泥地面的时候,还记起了星期天的祷告词。

可大家都知道,她连一句祷告词也不可能记起来,接下来我们又发现,她连时间的概念也一并失去了,因为她说她睡着了,蛐蛐从外面推着墙,她从里面顶着,又说她本来睡得熟熟的,有人架起她的肩膀,把墙挪开,又把她面朝太阳放下。

那天晚上,我们坐在院子里,心里明白她不会再笑了。也许我们都在提前为她冷若冰霜的严肃、为她这样任性地在不见天日的角落里过活感到难受。我们难受至极,就像那一天我们看见她蜷坐在现在待着的角落里,听她说她再也不在屋里瞎转了一样难受。一开始我们谁都不敢相信她的话。好几个月了,我们总看见她不分钟点地在各个房间里转来转去,头僵直着,双肩垂着,从不停步,也从不知道累。一到夜晚,我们就听见她身体窸窸窣窣的声音,从一个暗处走到另一个暗处;也许有好多次,我们听见她神神鬼鬼地走动,耳朵一直追随她走遍整间屋子,躺在床上彻夜难眠。有一回,她对我们说,她在镜中看见一只蛐蛐,就深藏在那清晰可见的透光处,她还穿过了镜子的表面去捉它。我们真的不知道她想告诉我们什么,但是我们都看见她身上的衣服全湿了,贴在身上,就像刚从水池里上来一样。我们没人想去探个究竟,我们的决定是,把屋子里的小虫子全部杀死;把所有让她中邪的东西全部毁掉。

我们让人打扫了墙壁;又叫人砍去了院子里的灌木丛,仿佛我们把寂静夜晚里的那些细碎垃圾一扫而光了。可我们后来确实没再看见她走来走去,也没再听见她说蛐蛐什么的,直到那一天,吃完晚饭后,她看着我们——往水泥地面上坐下去的时候,眼光也一直没离开我们——对我们说:"我就待在这里了,坐着。"我们都打了个冷战,因为我们看见,她已经开始像某种东西了,几乎就像死亡本身。

从那时算起，已经过去很长时间了，我们都已经习惯看见她坐在那里，辫子总是编了一半，她好像已经溶解在自己的孤独里了。看是能看见她，可她好像失去了天生的现身本领。所以现在我们都知道，她不会再笑了；因为说这话的时候，她的语气自信而坚定，就像上一次说她不会再走路了一样。我们好像都有把握以后某一天听见她说"我不再看东西了"或是"我不再听东西了"。她的确是个人，却自觉自愿地慢慢放弃了生命的功能，慢慢地把自己的感官逐个丢弃，直到某一天，我们将发现她靠在墙壁上，就像是生平第一次睡着一样。也许这一天的到来还很远，可我们三个人就这样坐在院子里，真希望那天晚上能听见她突然爆发的、如碎玻璃般的尖厉哭声，至少那样我们能有点儿幻觉，觉得家里又有个孩子出生了。当然也是为了相信她获得了重生。

一九四九年

关于纳塔纳埃尔如何做客的故事

De cómo Natanael hace una visita

街角那儿四面来风。就在这风力相会的地方，灰色的领带一会儿朝东飘，一会儿又转了方向（被另一股风吹着），领带忽东忽西，最后总算安静下来，在四股平衡的风力维系下停了下来。纳塔纳埃尔抓住领带，摸索着整理好领带结，觉得这领带好像活了起来。也许正是这一点促使他下了决心。也许就在领带在他脖子上自由自主地飘来飘去的时候，他想，连一条领带都可以去冒点儿险，而几分钟前自己竟那么害怕去尝试。他居高临下地看了看没了一点儿光亮的鞋尖。"也许是因为这个我才没胆量的。"他这样想道。因为鞋子确实不在状态。

　　他走到街区中央擦皮鞋的摊子那里，点燃一根烟，那小伙子吹着流行的小调，把家什一件一件地摆好，准备开始给他擦皮鞋。

他往下看，看见了红色鞋油的盒子。又看见擦鞋布叠得整整齐齐，搭在擦鞋小伙子的大腿上。他还看见了两把刷子。一把脏兮兮的，是擦红鞋油的。另一把应该是用来擦黑鞋油的。当小伙子拿着半个柑橘打湿左面的鞋尖时，纳塔纳埃尔觉得脚趾上袭来一阵酸酸的清凉，几乎同时，嘴里也感觉到了柑橘的滋味，一丝细细的口水让他嘴里充满甘甜，就好像那擦皮鞋的不是把柑橘抹在鞋上，而是抹在了他的舌头上。小伙子在鞋油盒子上敲了一下，他随即机械地换了一只脚踩在踏板上。

直到此时（也就是最后一点儿被挤出的柑橘在他嘴里散去味儿的时候），纳塔纳埃尔才看清了小伙子的脸。他想："看上去岁数不大。"又想，至少不会太大。他观察了一会儿小伙子干活时的利索劲儿。突然（这时他嘴里最后一丝柑橘味儿已经散尽），纳塔纳埃尔开了腔。他问道："您是单身吗？"

小伙子连头都没抬。继续低着头给右脚的鞋子上红鞋油。上完油之后，他说了句：

"这要看怎么说了。"

"什么怎么说？"纳塔纳埃尔问道。

"那得看您说的单身是什么意思。"擦鞋的小伙子答道，仍然没有抬头。

纳塔纳埃尔吸了口烟。向前弯下腰,一直弯到用胳膊肘撑在膝盖上。"我的意思是问您结婚了没有。"

"这就是另外一回事了。"那小伙子说,一面用刷子背敲了一下盒子,又该换脚了。

"要这么说的话,我还单着呢。"他说。

纳塔纳埃尔又把左脚的鞋子放到踏板上。擦鞋的小伙儿完全是一副无动于衷的样子,又吹起被先前的问话打断了的民间小调。纳塔纳埃尔仰头在椅子上待了不多一会儿,然后吸了最后一口烟,没把烟从嘴上拿开就又把双肘支到了膝盖上。烟熏得他眯上了一只眼睛。他嘴上叼着烟,又问了一个问题,可连他自己都没听懂问的是什么。他举起一只手,拿开香烟,这才空出了嘴巴说话。"这叫什么?"他问道。

小伙子停住了口哨。"什么?"

"我问这叫什么。"纳塔纳埃尔又问了一遍。

"我听得懂。"小伙子说。他停下了擦鞋的活儿,抬起头来,做出明白的样子。"我问您的是您想知道什么东西叫什么。"

"就是您吹的这个。"纳塔纳埃尔说。

"这就是另外一回事了,"小伙子说道,"我不知道它叫什么。"

刷子在他手上耍了个花样,然后他又投入活计当中,把踏板上溜到一旁的鞋子摆正。"大家都在唱。"说完，他吹得更起劲了。

从那踏板上下来的时候，纳塔纳埃尔透过树木间洒下的光看见，他的鞋子红红的，闪闪发亮，像新的一样，以至于这会儿身上的衣服又显得不配套了。他把烟头扔到街道另一边，掏出一张纸币，交给擦皮鞋的。可那小伙子说没零钱找。

"不要紧，"纳塔纳埃尔说，"咱们到拐角的商店去。"他们顺着暗暗的街道走去，头顶上，因为该来的季节迟迟不到，树木开始显出一副老态，凄凄凉凉的。纳塔纳埃尔双手插在衣袋里，手里摸着绕在食指上的那张纸币，走到半路，漫无目的地又说了句话。这回他都没想一下要不要说就说出了口。"您喜欢它们吗？"

小伙子甚至没有转身看他一眼。

"什么？"他反过来问道。

"我问您喜不喜欢它们。"纳塔纳埃尔又问了一遍。

"我听得懂。"小伙子说。直到这会儿他才侧过身来看了纳塔纳埃尔一眼。"我问您的是您问我什么东西我喜不喜欢。"

"树嘛。"纳塔纳埃尔说道，从衣兜里伸出一只手来，折下脑袋前面一根已经泛绿的树枝。

"这就是另外一回事了，"小伙子说，"反正吧，这要看怎么说了。"

"什么怎么说？"纳塔纳埃尔说道，一面用树叶搓了搓绕在食指上的纸币。

"那得看拿这些树来干什么。"擦皮鞋的说。

纳塔纳埃尔停住脚步。他背对街道,脸朝着小伙子继续走着的人行道,又把双手插进裤兜。"我想问的是这些树作为景观您喜不喜欢。"

"您说的这个我不懂。"擦皮鞋的头也不回地说。

"景观就是让人们看的东西。"纳塔纳埃尔说着,重新迈开了脚步。

"这就是另外一回事了,"擦皮鞋的说,"说老实话,要只是为了看看,我不喜欢树。"他回头望了望 又说了句:"这些树总得派上点儿别的什么用场才好。"

他们走到街角,一起过了街,忽然谁都不说话了,仿佛小伙子最后那几句话一下子把话题都说尽了。纳塔纳埃尔进了商店,买了一小盒口香糖(这是他在零食罐里一眼看到的东西),又走回店门口,擦皮鞋的正在那儿等着他。他给了那人两枚硬币;又把小盒子也给了他,差点儿又想问他喜不喜欢口香糖,可那小伙子立刻转过身去,连声谢谢都没说便离去了。

他又站在了十字路口,站在刚才那个四面来风的地方,他又整了整领带结。这会儿领带老实多了。这只是一条普普通通的灰领带，和任何一个普普通通的、不知道自己要干什么的人脖子上系的领带没什么两样。不过——虽说那领带已经没有了鲜活动物的灵性——主意是早就拿定了的。现在他觉得很舒服。衣服虽说还有点儿别扭，可皮鞋干干净净。只需要再花一点儿气力（如果可以的话，闭着眼睛都行），不是顺着这条街道，而是朝着大街的方向，再走过半个街区就行。他要进的那家是人行道边的第六家。他知道，因为他数过大门，其实只要找唯一一家还亮着灯的房子就行了。他以前从来没有走过这条街道，倒不是因为它离家太远，而是因为他只走一条路。他一生中天天走的只有一条路，从家到办公室的那条。在这个夜晚之前，他从未感到有出门的需要。天挺热的。在吸够了树木的气息之后，他渴望呼吸一下街道上温暖的、生机勃勃的空气。他一直在毫无目标地行走。他也不知道自己这样走了多久。而正当他打算往回走的时候，他看见了一间并不宽敞的小客厅，里面放了许许多多新奇的装饰品。一个女人孤零零地坐在那客厅一角的沙发上。她神情专注，就像在等待某个随时会到来的人。她神情忧伤，仿佛自她成人之初，兴许她等待的人还没出世的时候，她就一直在等待这个时刻。她长得并不漂亮（纳塔纳埃尔回忆着，这时他还站在街角，拿不定主意），至少第一眼看上去不具备一般人所说的漂亮女人的外貌。可她就坐在那里，背对着光，只为了一件事，等待。纳塔纳埃尔一看见她就想，如果说这种没完没了的等待总算到了头的话，唯一的可能便是这女人一直等的就是他。她在等一个此前从未相识的独一无二的男人。

就这样，纳塔纳埃尔就这样正好站在先前四面来风的虚空，拿不定主意。那女人和他之间还有半条街的距离。因为拿不定主意，他觉得心中有愧。愧的是隔着六座房子有个女人正等着他，而他作为一个男人，却站在街角，如此没有主意。一开始，他没办法解释自己为什么会深陷这种矛盾的情感，也无法解释心中的不安。可现在（想了一想）他觉得，在能做点儿什么，即使仅仅是再把领带结整理一下的时候，如果什么都不去做，他将活在后悔中，难以面对自己的余生。思想还没来得及做出决定，他便发觉自己的脚步已经不由自主，一步一步地顺着那条大街走去，大街上，树木低垂，空气清新。

在这最后一刻，当他重新恢复了方向感的时候，他本可以反悔的，本可以扬长而去。可是那女人在那里，跟他先前看到的一样，坐在角落里，裙子卷到了腿上。他从窗前经过时，她还是那样若有所思；她的神情没有任何变化，目光也还是那样，盯着上方的某个点。她心不在焉地揪着沙发上的小颗粒，好像这样能测算出她等候的时间似的。纳塔纳埃尔走向大门。他站在门口，还是没拿定主意。直到他一分钟前的坚定决心失去平衡，开始摇摆不定的时候，他才咬紧嘴唇，走了进去。

那女人这才像是从梦里醒来，略略伸直了身体，又轻轻摇了摇头，看着这个一言不发地站在她面前、实实在在的、一副自来熟模样的男人。女人看着纳塔纳埃尔的时候，他只觉得自己要走运了。女人问他干什么的时候，那声音颇不寻常，纳塔纳埃尔又整了整领带结，感觉它实实在在的，手指头就像已经摸到了好运气的边缘。

"您想干什么？"女人又问了一遍。

"我－想－和－您－结－婚。"纳塔纳埃尔这样说道。他听见自己说出这句话的时候，也许连他自己都不明白为什么要说这句话。他只知道一点，那就是此时坐在沙发上的是个女人，而自己是个没有方位、没有方向的男人，孤零零地站在一间陌生的客厅中央。

那女人想说点儿什么，但忍住了。看得出她有些生气，她又陷入了先前围绕着她的那种说不清道不明的状态，只是没了原来那种慵懒的表情。她眼下这种无所谓的样子其实是装出来的，只不过是她心烦意乱的一种表露。她交叉起双腿，用手背抚了抚裙边，又交叉起双手，用食指轻轻敲打着裙边包裹的膝盖。纳塔纳埃尔在她对面坐了下来。女人瞟了他一眼，伴随着内心隐秘而又越来越强烈的冲动，开始微微摇头。她轻轻地隔着裙边敲打着膝盖，看见纳塔纳埃尔带着点儿不安和等候的样子，以打动人的耐心坐在那里，她往沙发背上靠了靠，用手掌撑起身体，说出短短的一句话。"请您出去。"接着又补了一句，说要是他不走的话，她就要叫克－罗－蒂－尔－德了。

纳塔纳埃尔又整了整领带结。这并不是他的习惯动作，他一点儿也不知道谁是克罗蒂尔德，只是觉得这会儿非得摸摸领带结不可。这样一来，他稍稍镇静了。他想，兴许那女人不会再说什么；可如果他说点儿什么，那个克罗蒂尔德就可能会出现。他想知道谁是克罗蒂尔德，想认识她。

"我说这话是认真的，小姐。"他说道，又向前探了探身子，把双肘支在软椅的扶手上。"我想和您结婚。"他又重复了一遍，其实他脑子里想的完全是另外一回事。他想的是："我想和克罗蒂尔德结婚。"只是这句话没敢说出口。

这时一定是发生了什么出人意料的事情，因为女人那种敌对的态度一下子来了个大转弯，变成了那种事不关己高高挂起的样子，仿佛她又感觉到家里只有她一个人似的。纳塔纳埃尔从扶手软椅上向前探着身子，觉得有一股力量推动自己继续讲下去。也许他并不知道此时是否合适把还没有决定走进这个房子之前所想的一切和盘托出，可他此刻信心十足，意得志满，觉得自己总算完成了一件使命。他觉得，对一个第一次造访一位女士的男人来说，继续说下去也是一种使命。他想，她会把克罗蒂尔德叫来。最多不过如此。

"其实，"纳塔纳埃尔停了一下又说道，"您是不了解我。"他尽量让自己的声音变得更有说服力和亲和力，然后又接着说了下去。"人不能总像那些擦皮鞋的一样。"他说完这话，心里一点儿也不清楚自己是什么时候想起来这茬的。

女人还是没有任何反应，还是一副虚无缥缈的样子，还是交叉着双腿，胳膊垂在膝头。也许连她自己也不知道为什么会是这种反应；为什么（当那个男人再一次说开话的时候）她没有再一次采取最自然不过的敌视态度。她就像又一次觉得自己孤身一人在家一样。

纳塔纳埃尔觉得需要为前面自己说的话做点儿补充。

"那些擦皮鞋的家伙都是些不靠谱的人，"他说，"他们在回答结没结过婚这样的问题时，连多想一遍都不愿意。有时候，人在擦皮鞋的时候完全出于好奇心问一下他们结过婚没有，他们的回答总是同一句蠢话：'这要看怎么说了……'"

那女人还是一副遥不可及的模样。垂放在膝头的双手仿佛找到了破解眼前局面的密码。不管怎么说(那女人肯定是这样想的),一个男人无缘无故地走进一所房子,他不需要任何理由就应该从这房子里出去,除非他能另外找到什么理由坐在这里。那女人肯定认为,这个坐在她面前的男人唯一不可能找到的就是这另外的理由了。

"小姐,您不认为——"纳塔纳埃尔继续说道,语气甚至有点儿激动,"您不认为一个人不单身的唯一办法就是结婚吗?"

听见这话,那女人忍不住微微一笑,那笑容半是讥讽,半是愉快。好像她突然明白了,这个并无恶意的男人只是想找个空儿和她开开心。也许是因为这么一想,女人转过身来看了他一眼,这眼光含义丰富而又直接,让纳塔纳埃尔感觉到生平头一次被人这样从头到脚看了个透。

女人微笑着,又回到她原来的状态,纳塔纳埃尔又想起了克罗蒂尔德,开口说了下去。

"真的,小姐,"他说,"只有那些擦皮鞋的人才会说不知道自己结没结过婚,而不直说自己是单身。"

女人实在撑不住了,她那紧绷的模样一下子放松了,她开怀大笑,一面还不由自主地做了个媚态,并告诉这个陌生人别再说傻话了。她说，您最好赶快出去。

但纳塔纳埃尔没有笑。相反，他又向前探了探身子，想把女人的脸看得更清楚。他的语气也突然变得更想强调点什么。"这不是傻话，"他说道，"我是认真的。"说着他掏出了一根香烟。

"擦皮鞋的那帮家伙是当今世上最不靠谱的人。"他重复道。

他把火柴在盒子上擦着，点燃了香烟，站起身来把火柴丢进烟灰缸，做这些事的时候，他的嘴一直没停。他说那些擦皮鞋的对什么事都不关心，人又傻，只知道吹一些自己都叫不上名字的小调穷开心。"至少他们得知道歌名吧。"他说。或者可以说说他们吹口哨是因为这音乐唤醒了他们沉睡的记忆什么的。"可是不，他们只是为了吹而吹。"他说着，朝女人竖起了食指。

"这才真叫傻呢。"

女人看了他一眼，但眼睛并没有盯住他那因暗自陶醉而开始容光焕发的脸，而是定定地看着他倚在扶手上的手。这只手长长的，没怎么保养，这会儿夹着根香烟，烟灰已经快要脱落了。纳塔纳埃尔还在说个不停，丝毫不管那女人会不会突然对他的话有点儿兴趣。此刻他自说自话，也许连他自己都听不见自己在说些什么，就像他每次关上房门后做的那样。

"小姐，您看，这不是开玩笑的。要是您碰见这么一个人，他说树木除了让人欣赏绿荫之外还得有别的用处，您就可以断定这人准是个擦皮鞋的。"

女人突然开口打断了他。"就差这个了。"说着，她在沙发上坐直了身子，把话说得更明白了一点：

"现在就差您用烟灰把我的地毯毁掉了。"

纳塔纳埃尔往前探了探身体，拿烟的那只手没动窝，而是把咖啡桌上的烟灰缸拿到了扶手软椅跟前。他觉得同这女人有点儿缘分，可又下意识地觉得这缘分有点儿滑稽。当他弹掉烟灰，又一本正经地吸着烟时，他一点儿也没丧气。或许此刻他在想，这女人有点儿不着调，对什么事都不关心。也可能他想的是，有关擦皮鞋的人对这一类问题的回答恐怕只有智力正常的女人才会有兴趣。可这一位——这位等了他那么久的女人——只关心地毯干不干净，远远超过了对擦皮鞋的人思维方式的关注。他想，这是个没见识的女人，便又看了她一眼，正在此时，那女人又恼怒地对他说，她已经到了忍耐的极限。"我对您那些擦皮鞋的一点儿兴趣都没有。"她冷冰冰地说。

"我也发现这一点了。"纳塔纳埃尔说。这会儿，他倒成了房子里那个觉得自己孤零零的人。

也许正是因为这个他没站起身来，反而更使劲儿地用双肘撑在软椅的扶手上。他又抽了口烟。"您不行。"他说这话的时候甚至自我欣赏起来,觉得自己的表达更成熟了。他开始把烟吐出去。"您不行,可也许克罗蒂尔德会是我的知音。"

一九五〇年

蓝狗的眼睛

Ojos de perro azul

她看着我。起初我以为这是她第一次看我。可是接下来，她在只有一条腿的小圆桌后面转了个圈，我还是能在肩膀上方感觉到身后她那滑溜溜、油腻腻的目光，于是我明白了，是我在第一次看她。我点燃一根香烟，把浓浓的、刺鼻的烟雾吞进肚里，然后用椅子的一条后腿保持着平衡把椅子转了过来。做完这一切之后，我看见她就在那里，和先前每个夜晚一样，站在小圆桌边，看着我。短短几分钟里，我们就这样互相看着。我从座位上看着她，一面用椅子的一条后腿保持着平衡。她站着，看着我，一只修长的手静静地放在小圆桌上。我看见她的眼皮像每晚一样亮光闪闪。这时，我想起了往事，对她说了句："蓝狗的眼睛。"她的手依然放在小圆桌上，也说了句："不错。现在我们谁都不会再忘记这个了。"她从圈子里走了出来,叹了口气:"蓝狗的眼睛。我到处都写上了这句话。"

　　我看着她走向梳妆台,出现在圆圆的镜子里,她现在是通过光影的反射看着我,大大的眼睛里闪动着火苗:她一面看着我,一面打开了盒面镶嵌着珍珠母的粉色小盒。我看见她往鼻子上搽了点儿粉。搽完之后她关上了盒子,再次站起身来,又走向小圆桌,说道:"我真担心有人会梦见这个小房间,把我的东西弄乱。"说着,她把她那修长的、微微颤动的手放在火上取暖,还没过去坐在镜子跟前时,她的手就在那里。她又说:"你从不觉得冷吗?"我对她说:"有时候吧。"她又对我说:"你这会儿一定有点儿冷。"这一刻我明白了为什么我一个人坐在座位上总是感觉不踏实。是这寒冷让我实实在在地感到了自己的孤单。"这会儿我是觉得冷。"我对她说,"真奇怪,照理说夜里应该什么事也没有。也许是我身上盖的被单滑落了。"她没再搭话,又一次向镜子那边走去。我也又一次在椅子上转身,背对着她。不用看,我就知道她在做什么。我知道她准是又坐在镜子跟前,看着我的背影,我这背影从容行至镜子的最深处,然后被她的目光捕捉到,因为她的目光也正好有时间到达镜子深处,然后再收回来——在她的手头开始涂第二遍之前——收回到她的嘴唇上,嘴唇自从她坐到镜子面前涂第一遍时就已经被涂得鲜红。我看着我眼前光光堂堂的墙壁，上面连一张画都没有。这光堂的墙壁就像一面不反光的镜子，我从这里看不见她——她就坐在我的背后——但我想象着，如果这儿不是一面墙，而是一面镜子的话，她会在什么地方。"我能看见你。"我这么对她说。我仿佛在墙壁上看见她抬起了目光，在镜子深处看见了我背对着她、脸朝着墙的样子。接下来我又看见她垂下眼帘，双眼一动不动地盯着自己的紧身胸衣，一言不发。我又对她说了一遍："我能看见你。"她这才又把目光从紧身胸衣上抬了起来，说了句"不可能"。我问她为什么。她的目光又盯在紧身胸衣上："因为你的脸朝着墙。"这时我把椅子转了过来，嘴上还紧紧叼着香烟。我面朝着镜子的时候，她又回到了小圆桌旁。这会儿她把两只手都张开，放在火上烤着，活像母鸡的两只翅膀。手指挡住了火光，她脸上暗暗的。"我觉得自己快要冻坏了，"她说，"这个城市冰冷冰冷的。"她侧过脸，古铜色的皮肤被火映红，突然显出悲凉。我告诉她："要想不冷，就干点儿什么吧。"于是她开始一件一件地脱去自己的衣裳，从上身的紧身胸衣开始脱起。我对她说："我还是转过去冲着墙吧。"她说："不用了。反正你能看见我，就像刚才你背对着我的时候也能看见我一样。"话音未落，她就已经几乎脱得精光，火苗烘烤着她修长身形的古铜色皮肤。"我一直就想这样看看你,看你肚皮上一个个深深的小窝,仿佛你是用棍棒敲打出来的。"我还没闹清我的这些话在她裸露的身体面前会不会显得有些蠢笨,她已经一动不动地靠在小圆桌边烤起火来,嘴里还说道:"有时候,我觉得自己是金属做成的。"她沉默了一瞬。架在火苗上的双手略微变了个姿势。我说:"有时,我做别的梦的时候,我觉得你就是一座小小的青铜像,放在哪家博物馆的角落里。可能是因为这个你才觉得冷的。"她对我说:"有时候,我朝左侧睡着了,我会感觉到皮肤变得硬硬的。感觉到身体变空了,皮肤变成了一层金属皮。然后,血液在身体里面跳动起来,就像是有人在用指关节敲打我的肚子,躺在床上我都能听见自己发出黄铜的声响。就像你说的,金属片的声音。"她说着往小圆桌旁又靠了靠。"我倒真想听听你的声音。"我这么告诉她。她回答道:"如果哪一天我们在一起,你把耳朵贴在我肋骨旁边,我朝左侧睡的时候,你就能听见我发出的声音。我一直在想什么时候让你听上一次。"我听见她说这话的时候,呼吸很沉重。她说,有好几年时间了,她就没干过别的事。她活着,就是为了能在现实世界中用那句识别语"蓝狗的眼睛"找到我。在大街上,她大声说着这句暗语,以一种她对唯一一个能听懂她的话的人说话的方式:

"我就是你每天晚上梦见的那个对你说'蓝狗的眼睛'的女人。"

她还说，每次去饭馆，她先不点菜，先对服务生说："蓝狗的眼睛。"而那些服务生都会毕恭毕敬地给她鞠上一躬，从不提起梦中有人说过这句话。然后她又把这句话写在餐巾上，或是用餐刀把它刻在桌面的漆皮上："蓝狗的眼睛"。在酒店，在车站，在所有公共建筑的磨砂玻璃上，她都会用食指写上"蓝狗的眼睛"。她又说，有一回她进了一家药房，觉得那里的气味和某天晚上她梦见我之后房间里的气味一模一样。看着药房干干净净的崭新瓷砖，她想："他应该就在附近。"她走近售货员，对他说："我总梦见一个男人对我说'蓝狗的眼睛'。"她说那售货员看了看她的双眼，对她说："小姐，您的眼睛确实如此。"她又告诉他："我得找到在梦里跟我说这话的男人。"售货员放声大笑，跑到了柜台另一边。她继续看着一尘不染的瓷砖，品着那气味。她打开小手袋，跪了下来，用唇膏在瓷砖上写下几个大大的红字："蓝狗的眼睛"。这时售货员又从那边回来，对她说："小姐，您把瓷砖弄脏了。"他递给她一块湿抹布说："把它擦干净。"她还站在小圆桌旁，说，整整一个下午，她就趴在地上擦洗瓷砖，嘴里念叨着"蓝狗的眼睛"。到最后门口聚了一大群人，说她疯了。

现在，她说完话了，我还坐在角落里，在椅子上维持着平衡。"我每天都试图记起这句能让我遇见你的话，"我说，"现在我反正觉得我明天不会忘记。可我总是这样,每次醒过来总会把这句能让我找到你的话忘掉。"她说:"那句话还是你第一天发明的呀。"我对她说:"是我发明的,因为我看见你的眼睛里有灰烬,可第二天早上我从来都忘得一干二净。"她在小圆桌边握起拳头,深深地叹了口气:"我现在至少可以记得,我是在哪座城市写下这句话的吧。"

她的牙齿紧紧地咬着,在火光照耀下亮闪闪的。我说:"现在我真想摸一下你。"她把一直盯着火焰的脸抬起来,她的目光抬起来的时候是滚烫的,像她,又像她烤火的双手;我感觉到她能看见我坐在暗处的角落里,在座椅上摇晃。她说:"你从来没跟我说过这样的话。"我说:"现在我说出来了,而且说的是真心话。"她隔着小圆桌向我要一根香烟。我指间夹着的烟头已经燃尽,我已经忘了自己正在抽烟。她又说:"我不知道为什么总记不起把那句话写在哪儿了。"我对她说:"我也一样,第二天我也总记不起是哪句话。"她伤心了:"不是的。问题是我有时候也会觉得那是我在做梦。"我站起身来,向小圆桌走去。她离我还有一点儿距离,我继续向前走着,可手里拿着香烟和火柴,绕不过去。于是我把香烟递给了她。她把香烟紧紧咬在唇间,我还没来得及擦着火柴,她就弯下腰去够火苗。"这世界上总会有这么一个城市,那里的所有墙壁上都写着'蓝狗的眼睛',"我说,"假如我明天记得的话,我会去找你的。"她再抬起头的时候,唇间的烟已经点着了。"蓝狗的眼睛。"她叹了口气,努力记着,香烟搭在下巴上,一只眼睛半开半闭。然后她用手指夹住香烟,吸了一口,叫道:"这到底是不一样。我这会儿暖和起来了。"她说这话的口气淡淡的,而且躲躲闪闪,就好像这番话她不是真的用嘴说出来的,而是写在了一张纸上;再把纸凑近火苗,让我读着:"我这会儿,"她用大拇指和食指把纸片转来转去,让它一点点烧尽,而我勉勉强强能读完那些字,"暖和起来了。"而最后,那纸片完全烧尽,落在地上,皱皱的,小小的,变成轻飘飘的纸灰。"这样比较好,"我说,"有时候看见你那样,挨着小圆桌,发着抖,我心里有点儿害怕。"

我们这样互相看来看去已经有好几年了。有几回,我们已经在一起了,外面不知道什么人会掉下一只小勺子,把我们惊醒。慢慢地,我们明白了一件事,那就是我们的友情被一些东西,被一些简单得不能再简单的事情支配着。我们的会面总是这样结束:大清早的,一只勺子掉落下来。此刻,她就在小圆桌边,看着我。我记得,从前在一个遥远的梦境里,她也这样看过我,我也是这样靠着椅子的后腿转来转去,面前是一个灰眼睛的姑娘。就是在那个梦里,我第一次问她:"您是谁?"她对我说:"我不记得您是谁了。"我又说:"我觉得我们以前见过面。"她面无表情:"我觉得我有一回在梦里见过您,也梦见过这个房间。"我又说道:"这就对了。我已经开始想起来了。"她说:"真怪。咱们真的在以前的梦里见过。"

她又吸了两口烟。而我自打突然开始看她的那一刻起就一直站在小圆桌前。我从上到下把她打量了一番,她还是古铜色的;但已经不是硬邦邦、冷冰冰的金属,而是那种黄黄的、软软和和的、舒舒展展的铜。"我真想摸一下你。"我又重复了一遍。她说:"那样你会把一切都毁了的。"我说:"这会儿已经不要紧了。最多咱们把枕头翻个个儿,就能再遇见。"我隔着小圆桌伸出手。她一动没动。"你会把一切都毁了的,"我还没能碰到她,她又重说了一遍,"也许只要你在这张小圆桌后面转个身,咱们就会惊醒,而且醒来时不知会在这个世界上的什么地方。"可我还在坚持:"不要紧的。"她又说道:"就算咱们把枕头翻个个儿就能再碰见,可是你一觉醒来,还是会忘得一干二净。"我又向角落那边走去,她在我身后,在火上烤着手。我还没走到座椅那里,就听见她冲我后背说:"我有时半夜醒过来,在床上翻来覆去,枕上的线头烧得我脸颊滚烫,嘴里反反复复的就一句话,一直说到天亮:蓝狗的眼睛。"

于是我待在那里,面对着墙。"天已经放亮了,"我没看她,说道,

"敲两点钟的时候我没睡着。从那时起已经过去好长时间了。"我朝大门走去。就在我握住门把手的时候,又听见了她那永远不变的腔调:"别开这扇门,"她说,"走廊里满是奇奇怪怪弄不懂的梦。"我说:"你怎么知道的?"她对我说:"因为刚才我去过那里,我发现自己脸朝左睡着了,才不得不回来的。"我已经把门打开了一条缝。我稍微动了动门扇,一丝细细的清凉空气给我送来长满植物的湿润田野的气息。她又说开了话。我转过身,门扇悄无声息地在合页上转动,我对她说:"我看这外面根本就没有什么走廊。我闻到的是田野的气息。"这时的她显得有些遥远,对我说:"这儿我比你了解得多。那是外面有个女人在做着和田野有关的梦。"她双臂交叉,架在火上,又说:"就是那个女人,她总想在乡下有个家,却一辈子没出过城。"我记得在以前哪一次梦中见过这个女人,可这会儿门半开着,我知道,半个小时之内我得下去吃早饭,于是就说:"不管怎么着吧,我得从这儿走了,我该醒了。"

外面一阵风吹来,然后又没了声息,能听见一个睡着的人在床上翻身时的呼吸声。田野里,风也停了下来。什么气味都闻不见了。"明天我能认出你来,"我说,"我只要看见街上有个女人在墙上写'蓝狗的眼睛',我就能认出那个人是你。"她带着凄凉的微笑——那种尽心尽力地追求某种无望的、难以企及的东西的微笑——说:"可你白天什么也记不起来。"她又把双手放在小圆桌上,脸上蒙了一层凄苦的阴影:"你是唯一一个醒过来就把梦里的事情忘得一干二净的男人。"

一九五〇年

六点钟到达的女人
La mujer que llegaba a las seis

弹簧门开了。这个时候何塞的饭馆里是没人的。时钟刚刚打过六点钟,他知道,通常只有到了六点半老主顾们才会来。他的顾客就是这么保守,中规中矩。可时钟刚打完第六下,和每天这个时候一样,进来了一个女人,她一言不发,坐在高高的旋转椅上,双唇之间还叼着一根没点燃的香烟。

"你好,女王。"何塞看见她坐下来,先和她打了个招呼。然后走向柜台另一头,用一块干抹布擦拭着玻璃台面。只要有人走进饭馆,何塞总会做这同一个动作。尽管和这个女人已经相当熟了,金红头发的胖店主还是表现出一个勤勉男人的日常做派。他在柜台另一头开了腔。

"今天想要点儿什么?"他招呼道。

"我想先教教你怎么做个绅士。"女人说。她坐在一排旋转椅的尽头,双肘支在柜台上,嘴里叼着根没点火的香烟。说话时她的嘴巴咬得紧紧的,好让何塞看见她那根没点着的烟。

"刚才我没瞧见。"何塞说。

"你还是什么都瞧不见。"女人说道。

何塞把抹布放在柜台上,走到黑乎乎的、散发着一股柏油和脏木头味儿的柜橱跟前,片刻之后,他回来了,手里拿着火柴。女人弯下腰来,为的是够着男人那毛茸茸的、粗壮的手里的火。何塞看见那女人一头蓬松的头发涂抹着厚厚一层廉价头油,看见她绣花紧身胸衣上方裸露的肩膀。他还看见了那女人软塌塌的胸脯,正在这时,女人抬起头来,嘴上的烟已经点燃了。

"你今天真漂亮,女王。"何塞说。

"别说蠢话了,"女人告诉他,"别以为这样我就会给你付账。"

"我想说的不是这个意思,女王,"何塞又说道,"我敢打赌,你今天的午饭把肚子吃坏了。"

女人吞下第一口浓浓的烟雾,双手交叉,胳膊肘还是没离开柜台,透过饭馆宽大的玻璃,朝街上望着。她神情忧郁,忧郁中带着厌烦和粗鄙。

"我去给你煎块上好的牛排。"何塞说。

"我可没钱。"女人说。

"这三个月你从来就没有过钱,可我总是给你做好吃的。"何塞说道。

"今天不一样哦。"女人说这话时神情阴郁,眼睛还是看着街上。

"每一天都一样,"何塞说,"每天时钟指到六点,你就会进来,说你饿得像条狗一样,然后我就会给你做点儿什么好吃的。唯一的区别就是,今天你没说自己饿得像条狗,而是说了句今天不一样。"

"没错。"女人说着转过身来,看着柜台另一边正在查看冰箱的男人。她盯住他看了两三秒钟,然后又看了看柜橱上方的钟。六点零三分了。"没错,何塞。今天是不太一样。"说完,她吐出一口烟雾,接着说了下去,话又短又充满了感情,"今天我可不是六点钟来的,所以不一样,何塞。"

何塞看了看钟。

"要是这个钟慢一分钟的话,我就砍下自己一只胳膊给你。"他说。

"不是说这个,何塞。我是说,我今天不是六点钟来的,"女人说道,"我来的时候差一刻六点。"

"女王,这钟刚打过六点,"何塞说,"你进门的时候刚刚打过六点。"

"我在这里已经待一刻钟了。"女人说。

何塞走到女人跟前,一张红彤彤的大脸一直伸到女人面前,又用食指拉了拉自己的眼皮,说:

"朝我这儿吹口气。"

女人头向后仰躲着,她一脸正经,有点儿生气,温柔纤弱,在一层忧伤和疲倦的薄雾笼罩下,变得更漂亮了。

"别说蠢话了,何塞。你知道的,我这六个多月滴酒未沾。"

男人微微一笑。

"这话你对别人说可以,"他说,"跟我就别来这一套了。我敢打赌,你们两个人至少喝了二斤。"

"我只不过和一个朋友喝了两口。"女人说。

"哦,这一说我就明白了。"何塞说道。

"没什么需要你明白的,"女人又说道,"反正我已经在这里待了一刻钟。"

何塞耸了耸肩。

"好吧好吧,要是你愿意的话,就算你在这里待了一刻钟,"他说,"不管怎么说,早十分钟晚十分钟又有什么要紧呢。"

"当然要紧,何塞。"女人说完把两只胳膊平平地伸在柜台的玻璃台面上,带着漫不经心的神情,懒洋洋的。她说:"不是我愿意不愿意,我就是来了有一刻钟了。"说着她又看了看钟,改口说道:"我说什么呢,我已经来了二十分钟了。"

"都行,女王,"何塞说道,"只要看见你高兴,我把一天一夜送给你都没问题。"

在整个这段时间里,何塞一直在柜台后忙个不停,把东西挪挪位置,把某件东西拿开再放到别的地方。他干着自己该干的事。

"我想看见你高兴。"他又重说了一遍,然后突然停住,转向那个女人:"你知道我很爱你吗?"

女人冷冷地看了他一眼。

"是——吗?真是看不出来,何塞。就算你有一百万比索,你觉得我会为了这个和你在一起吗?"

"我不是这意思,女王,"何塞说道,"我再跟你打一次赌,你中午饭肯定吃坏了。"

"我说这话可不是因为这个,"女人说,她声音里冷冷的劲头少了一点儿,"是因为没有一个女人受得了你,哪怕是为了一百万比索。"

何塞脸一下子红了。他背对着女人,开始掸柜橱里瓶子上的灰尘,说话时连头都没回。

"你今天真让人受不了,女王。我看你最好把牛排一吃,然后回去睡觉。"

"我不饿呀。"女人说完,又看着街道,看着傍晚时分城里乱哄哄的行人。有那么一会儿,饭馆里安静得有点儿古怪,只有何塞收拾柜橱的响声不时打断这宁静。突然,女人把目光从街上收了回来,又开了腔,这回她的声音压得低低的,柔柔的,声音也不一样了。

"你是真的爱我吗,小佩佩[①]?"

"是真的。"何塞闷闷地答道,没有看她。

"连我刚才对你说那样的话也不在乎吗?"女人追问道。

"你刚才说什么了?"何塞的嗓音还是闷闷的,没有看她。

"就是一百万比索那句话。"女人说。

"那话我早忘了。"何塞说。

"那就是说,你爱我?"女人又说。

"是的。"何塞回应道。

谈话到这儿停了下来。何塞还是脸朝着柜橱,忙来忙去,还是看也不看那女人一眼。女人又喷出一口烟雾,把胸脯抵在柜台上,然后,带着点狡黠和淘气,讲话前咬着舌头,话说出来像刀子:

---

①何塞的昵称。

"哪怕我不跟你上床吗？"她问道。

直到这时，何塞才又看了她一眼。

"我爱你爱到了不会跟你上床的地步。"他说。然后他走到她跟前，面对面看着她，强有力的双臂支撑在她面前的柜台上。他直视着她的眼睛，说道："我爱你爱到了每天下午都想把带你走的男人杀死的地步。"

一瞬间，那女人看上去有点儿困惑。接着，她用心看了看这个男人，目光里半是同情，半是嘲弄；接下来又有一刻的茫然，没有说话；最后她放声大笑起来。

"你吃醋了，何塞。太棒了，你吃醋了！"

何塞脸又红了，带着明显的局促不安，几乎有点儿无地自容，就像一个孩子一下子被人揭穿了所有的秘密。他说：

"今天下午跟你说什么你都听不明白，女王。"他用抹布擦了擦汗，又说道，"这不像话的生活已经把你变成个粗野的人了。"

可是这会儿那女人的表情又变了个样。

"那就是说你没有喽。"她说。

她又看着他的眼睛，目光里闪动着奇异的光，像是忧伤，又像是挑战。

"那就是说你没吃醋喽。"

"一定意义上说，我是吃醋了，可并不像你说的那样。"

他松了松衣领，又擦了擦汗，用抹布擦着脖子。

"那么到底是什么样？"女人追问着。

"是我太爱你了，不想看见你干这种勾当。"何塞说。

"什么勾当？"女人问。

"就是每天换一个男人带你走。"何塞说道。

"你真的会为了不让这种男人带我走就把他杀掉吗？"女人问道。

"不是不让他走，"何塞说，"我杀他是因为他带着你走。"

"还不都是一回事儿嘛。"女人说。

谈话的刺激味儿越来越浓了。女人压低了嗓音，声音甜甜的，着了迷似的。她的脸几乎贴在了那男人健康平和的脸上，男人一动不动，仿佛被她说话的气息迷住了一般。

"我说的都是实话。"何塞说。

"照这样说，"女人说着伸出一只手抚摸着男人粗壮的胳膊，另一只手扔掉了烟头，"……照这样说，你是能杀人的喽？"

"为了我刚才说的那种事，我能。"何塞说着，嗓音变得悲壮起来。

女人笑得花枝乱颤，丝毫不想掩饰嘲弄的意思。

"太恐怖了，何塞。这太恐怖了，"她一边说，一边还在大笑，"何塞能杀人了。谁能想到呢，这个一本正经的胖胖的先生，每天给我做一份牛排却从来不收我一分钱，和我说话的时候心不在焉，一直等我碰到一个男人，然后他就会成为一个杀人犯。这太恐怖了，何塞！我怕了你了！"

何塞有点儿不知所措，也许还有点儿生气。也许，那女人放声大笑的时候，他觉得自己上当了。

"你喝醉了，蠢婆娘，"他说，"赶紧去睡你的觉吧。你连东西都不想吃了。"

可是，那女人此刻已经停止了大笑，又靠在柜台边上，一脸严肃思索的模样。她目送着男人走远，看着他打开冰箱门又关上，什么也没取，又看着他走到柜台另一头，像一开始那样擦拭着光堂的台面，于是她又开口了，这回音调又软又柔，就像一开始说"你是真的爱我吗，小佩佩？"时那样。

"何塞。"她叫道。

何塞看也没看她一眼。

"何塞！"

"你快睡觉去吧，"何塞说道，"上床前最好洗个澡，醒醒酒。"

"跟你说正经的，何塞，"女人说，"我没喝醉。"

"那你就是变粗野了。"何塞说。

"过来,我有话跟你说。"女人说。

他走了过去,心里不知道是高兴还是不安。

"靠近点儿!"

他又站在了她面前。她向前探了探身子,用力抓住他的头发,表情却是一脸的温柔。

"把你先头跟我说过的话再重说一遍。"她说。

"我说什么了?"何塞说,头发被揪住了,他头低着,竭力想看着她。

"就是谁和我睡觉你就把谁杀了那句话。"女人说。

"我说过。"何塞说。

"给我一个字一个字地重说一遍。"女人说。

"哪个男人敢和你睡觉我就杀了他,女王。我说的是真话。"何塞说。

女人这才松开了手。

"那么如果是我把这家伙杀了,你是会保护我的,对吗?"她说这话时语气坚定,一面用一个野性的挑逗动作推开何塞猪一般硕大的头。何塞没接话茬,只是微微一笑。

"回答我,何塞,"女人说,"如果是我把这人杀了,你会保护我吗?"

"这要看情况了,"何塞说道,"你知道的,这事儿不像说说那么简单。"

"警察谁都不相信也得相信你。"女人说。

何塞自矜地笑了,颇为受用。女人又隔着柜台把身子探了过去。

"这是真的,何塞。我敢打赌,你从来没说过一句谎话。"她说。

"这没什么用处。"何塞说。

"就因为这一点,"女人说道,"警察了解你,你说什么他们都会信的,连第二遍都不用问。"

何塞站在她面前,开始在柜台上轻轻敲击,不知说些什么好。女人又向街上看过去,然后看了看钟,变了嗓音,好像想在第一拨顾客到来之前结束这次谈话。

"为了我,你能撒一次谎吗,何塞?"她说道,"我是说真的。"

何塞猛地转向她,像是要把她看穿,仿佛脑海里突然回响起一个可怕的念头。这念头从一个耳朵进去,转了个圈,空空的、乱乱的,又从另一个耳朵出去了,留下的是热烘烘的恐惧。

"你陷进什么麻烦了,女王?"何塞问道。他往前倾着身子,又一次把胳膊支在柜台上。女人感到他喘着粗气,臭烘烘的,他的胃顶在柜台上,喘起气来有点儿费劲。

"这事儿还真得当真了,女王。你到底陷进什么麻烦事里了?"他问道。

女人把头转向一旁。

"什么事儿也没有,"她说,"我只是说着玩玩。"

接着她又看了看他。

"你知道吗,也许你根本用不着杀人。"

"我从来就没想过杀人。"何塞的话说得有点儿没底气。

"不,小伙子,"女人继续说,"我是说不会再有人和我上床了。"

"啊!"何塞说,"你这会儿才算是把话说透了。我总觉得你没必要去操这种生涯。我保证,只要你改了,我会把每天最大的那块牛排白送给你,一分钱不收。"

"谢谢你,何塞,"女人说,"可问题不在这儿。问题是我已经不能和任何人上床了。"

"你又把事情弄复杂了。"何塞说这话时看起来已经有点儿不耐烦。

"我什么都没弄复杂。"女人说着在座位上伸了伸腰,何塞看见她紧身胸衣下面乳房平平的,可怜巴巴的。

"明天我就要走了,我答应你再也不来麻烦你。答应你再也不和任何人上床了。"

"你这又是闹的哪一出呀?"何塞问她。

"我刚刚决定的,"女人说道,"我刚刚发现这活儿太脏了。"

何塞又抓起了抹布,在她附近的玻璃台面上擦拭着,没看她,说了句话。

他说:

"没错儿,你做的是一件脏事儿。你早该明白的。"

"明白我是早就明白了,"女人说,"只不过我刚刚才说服了自己。现在我想起那些男人就恶心。"

何塞笑了。他抬起头来看了看她,脸上还带着笑,可他看见的女人心事重重,困惑不已,嘴里说着话,两只肩膀耸得老高;她在转椅上晃来晃去,神情忧郁,脸色黄黄的,像秋天里早熟的庄稼。

"要是一个女人和一个男人睡过之后,对他也对所有睡过她的男人都觉得恶心,就把他杀了,你不觉得大家应该放过她吗?"

"别扯得太远了。"何塞被震惊了,声音里有一丝不安。

"如果这女人在看着这个男人穿衣服的时候告诉他,她讨厌他,因为她想起来和这个男人折腾了整整一个下午,感觉不管用肥皂还是丝瓜瓤都擦不掉他的气味,也不行吗?"

"什么事儿都会过去的,女王,"何塞说,有点儿事不关己的样子，继续擦着柜台，"没必要把他杀了吧。你让他走不就完了。"

可女人还在说个不停，她的声音听上去单调、松垮，情绪有点儿激动。

"如果女人都已经说了讨厌他，他却停止了穿衣服，又一次朝她扑过来，又开始吻她，还……那又怎么办呢？"

"没有一个体面的男人会干这种事。"何塞说。

"可是，要是他干了呢？"女人的腔调里透出越来越多的焦虑，"要是这个男人不是什么体面人，他干了，那女人恶心得要死，她知道结束这一切的唯一办法就是从底下给他一刀，那又怎么办呢？"

"这太不像话了，"何塞说，"幸好没有哪个男人会干出像你说的那种事。"

"那好吧，"女人说，她彻底失去了耐心，"要是他干了呢？你假设一下，他这样干了。"

"不管怎么着，也不至于如此吧。"何塞说。他没挪动地方，继续擦着柜台，这会儿他对聊天没那么大兴趣了。

女人用指关节敲打着玻璃，语气变得坚定而有力。

"你就是个野人，何塞，"她说，"你什么都听不懂。"她使劲儿抓住了他的袖子，"说呀，说那女人就该把他杀了。"

"好吧,"何塞摆出和解的样子,"你说怎样就怎样吧。"

"这难道不算自卫吗?"女人揪住袖子,使劲儿摇晃他。

何塞看了她一眼,眼神温和又有点儿讨好。

"差不多,差不多吧。"他说。又对她挤了挤眼,这眼神一方面是亲切的理解,另一方面也是对承诺当她的同谋的恐惧。可女人还是一脸严肃,松了手。

"你会为了保护这样的女人撒一次谎吗?"她问。

"看情况吧。"何塞说。

"看什么情况?"女人说。

"看是什么样的女人了。"何塞说。

"你就想象是一个你特别爱的女人,"女人说,"不是说要跟她怎么样,你明白吗?而是就像你说的那样,你特别爱她。"

"好了好了,就按你说的来吧,女王。"何塞一脸无所谓的样子,有点儿厌烦。

他又走开了。他已经看过钟,马上就六点半了。他想,再过几分钟,饭馆里就会挤满人,也许正因为这个,他更用力地擦着玻璃台面,一面透过窗玻璃看着大街。女人坐在椅子上,静静的,沉思着,带着逐渐消退的忧伤神情看着男人的一举一动。她看着他,就像在这男人身上看到了一盏行将熄灭的灯。突然,她毫无征兆地又开了口，声音里满是抹了油似的温顺。

"何塞！"

男人看了她一眼，目光里充满浓浓的、凄凄的温情，像只母牛。他看她倒不是为了听她讲话，只是为了看她一眼，知道她在那里，无望地等候着一个保护和同情的眼神。一种类似玩偶的眼神。

"我刚才告诉过你，明天我就要离开这里了，你还什么话都没对我说。"女人说。

"你是说过，"何塞说道，"可你没说你要去哪儿呀。"

"随便去哪儿，"女人说，"到一个没有男人想跟我上床的地方。"

何塞又微微一笑。

"你是真的要走吗？"何塞问这话的时候仿佛一下子把生活看得十分透彻，脸上的表情也突然为之一变。

"这就看你了，"女人说，"要是你懂得怎么告诉别人我是几点到你这儿来的，明天我就离开这里，再也不搅和到这些事里。这样你喜欢吗？"

何塞点点头，做了个同意的表情。脸上带着实实在在的笑容。女人向他这边探过身子来。

"要是哪天我又回到这一带来，看见别的女人和你说话，就在这个钟点，就在这把椅子上，我会吃醋的。"

"你要是再回来的话,得给我带点儿什么东西。"何塞说。

"我答应你,我会满世界去找一只上发条的小熊,买来送给你。"女人说。

何塞笑了,把抹布在他和女人之间挥了一下,就像在擦一块看不见的玻璃。女人也笑了,笑容里含着亲近和挑逗的意味。接下来,何塞一面擦着玻璃台面,一面向柜台另一端走去。

"何塞!"

"什么事儿?"何塞看也没看她一眼,答道。

"不管什么人问你我是几点钟到你这里来的,你真的会告诉他我是六点差一刻到的吗?"女人问。

"为什么呢?"何塞说这话时还是没看她,甚至好像连听都没听见她的话。

"这无关紧要,"女人说,"你这么说就对了。"

这时,何塞看见第一位顾客从弹簧门进来,走到角落里的一张桌子旁。何塞看了看钟。整六点半。

"行吧,女王,"何塞漫不经心地答道,"就按你说的来吧。我总是按你说的来。"

"行,"女人说,"那么,现在给我煎牛排吧。"

何塞走到冰箱跟前,取出一盘牛肉放在桌上,又点燃了炉灶。

"女王,这回我要给你做一份最棒的牛排,算是送别吧。"他说。

"谢谢了,小佩佩。"女人说。

她又陷入了沉思,仿佛突然进入了一个充满了混沌、未知事物的奇异小宇宙。柜台的另一边,新鲜牛肉落在滚烫的油里,发出滋滋的声响,她一点儿也没听见。接下来,何塞把牛里脊肉翻锅,发出闷闷的、翻滚着气泡的噼噼啪啪的声音,她也没听见。调过味的牛肉油汪汪的,香气扑鼻,饭馆里一点儿一点儿充满了香气。她就这样沉思着,心事重重,直到最后抬起头来,眨着眼睛,活像死了一回现在又活过来了一样。这时她才看见何塞在炉灶旁忙碌着,被熊熊炉火照得通亮。

"小佩佩。"

"哎!"

"你在想什么呢?"女人问他。

"我在想,你能不能在什么地方碰见上发条的小熊。"何塞答道。

"一定能找到的,"女人说,"可这会儿我想让你告诉我,在这分别之际,我对你提的要求你都能做到吗?"

何塞从炉灶那里看了她一眼。

"还要我怎么说呢?"他说,"除了这块上等牛排,你还想要点儿什么吗?"

"是的。"女人说。

"你想要什么？"何塞问道。

"我想跟你再多要一刻钟的时间。"

何塞向后仰了仰身子，看了看钟，又看了看静静坐在角落里等着的顾客，最后，又看了看锅里煎得金黄的牛肉，这才开了口。

"说老实话，我听不懂你在说什么，女王。"他说。

"你别傻了，何塞，"女人说了话，"你记住了，我五点半就到你这里了。"

一九五〇年

石鸻鸟之夜

La noche de los alcaravanes

我们三个围坐在桌旁，有人往投币孔里塞了枚硬币，那台沃利策唱机便又一次放起了整晚都在放的唱片。我们其余人连想一想这是怎么回事都没来得及。这事发生的时候，我们还没记起我们到底身在何方，也根本没能恢复一丁点儿的方位感。我们中间的一个人把手从柜台上摸索着伸了出去（我们都看不见那只手，只能听见它），手碰到了一只杯子，那人静静地停在那里，两只手放在柜台硬邦邦的台面上。这时，我们三个人在黑暗中互相找寻着，当三十根手指在柜台上抓握在一起的时候，我们互相找见了。有一位说了句：

"咱们走吧。"

我们站起身来，就像什么事都没发生过一样。我们连一点儿时间都没有，连茫然失措都没来得及。

经过走廊的时候，我们听见近处传来了音乐，就在我们身边环绕。我们能感觉到坐在那里等候的忧伤女人的气息。向门口走去的时候，我们感觉到前方长长的走廊里空空荡荡的，紧接着就传来了那个坐在门口的女人酸臭的体味。我们说：

"我们走了。"

那女人没有答话。我们感觉到一把摇椅在她起身时弹起来，发出嘎吱声。我们听到不紧实的木板上的脚步声，那女人又走了回来，然后是合页转动的声音和我们身后的关门声。

我们转过身。就在那里，在我们身后，在我们什么都看不见的清晨，伴随着一股扑面而来的劲风，一个声音叫道：

"让开让开，我要把这个东西抬进去。"

我们向后让了让。那声音又说道：

"你们还挡着门哪。"

直到这时，我们才散开，却听见四下里都传来叫声，我们只好说：

"我们出不去，我们的眼睛被石鸻鸟啄瞎了。"

随后，我们听见好几扇门都打开了。我们当中的一个人松开了手，我们听见他在黑暗中摸摸索索，犹犹豫豫，不断撞上周围的物件。他在黑暗中的某个地方开了腔。

"咱们应该快到了,"他说,"这儿能闻见一大堆木头箱子的气味。"

我们又触到了他的手;我们都贴墙站着。这时,另一个声音从相反的方向传来。

"没准是些棺材。"我们中间的一个人说。

先头摸索着往角落那边走去的那位,这会儿在我们身边喘着粗气,他说:

"是木头箱子。我从小就认得被收起来的衣服的气味。"

我们向那个方向挪动着,地面软软的、平平的,像碾过的泥土地。有人伸出一只手来。我们感到那皮肤有点儿松弛,却又充满生气,可这时我们已经摸不到对面的墙了。

"是个女人。"我们说。

刚才谈论木头箱子的那位说:

"我觉得她在睡觉。"

那身体在我们手底下动了动,又颤抖了一下;我们感到它在滑走,不像是滑到了我们够不着的地方,而像是消失了。可是,片刻之后,就在我们一动不动地僵在那里,挤成一堆,肩靠着肩的时候,我们听到她发了话。

"谁在那儿呢？"她问道。

"是我们。"答话的时候，我们还是一动也不敢动。

只听见床上传来了动静，然后是黑暗中脚划来划去寻找拖鞋的声音。我们想象着那女人坐在床边看着我们，一副睡眼惺忪的样子。

"你们在这儿干什么？"她问。

我们齐声答道：

"我们也不知道。我们的眼睛被石鸻鸟啄瞎了。"

那声音说，这事儿她听说过。报纸上说，有三个人在一处院子里喝啤酒，院子里还有五六只石鸻鸟。应该是七只。其中一个人就开始学石鸻鸟叫。

"糟糕的是他那天晚了一个钟头，"她说，"这样一来石鸻鸟就都跳到了桌子上，啄瞎了他们的眼睛。"

她说这都是报纸上说的，可是没人相信报纸。我们说：

"要是人们去过那里，就会看见那些石鸻鸟的。"

女人说：

"他们去了。后来那院子里到处都是人，可那个女人已经把石鸻鸟带到别的地方去了。"

我们转过身，女人不再说话了。我们又碰到了墙壁。只要一转身就总能碰到墙壁。我们的四周都被墙围住了。我们中间的某一个人又松开了其他人的手。我们又一次听见他在地上闻来闻去的声音，他说：

"这会儿我连那些木头箱子都找不见了。我觉得我们已经到了别的什么地方。"

我们告诉他说：

"过来吧。这儿有人，就在我们旁边。"

我们听见他走了回来，听见他在我们身边站住，又感觉到他暖暖的气息呼在我们脸上。

"把手往那边伸，"我们告诉他，"那儿有人认识我们。"

他一准把手伸了出去，也一准按照我们指的方向走了过去，因为片刻之后他就回来了，对我们说：

"我觉得是个孩子。"

我们说：

"孩子就孩子吧，你问问他认不认识我们。"

他问了。我们听见那孩子冷冷的、干巴巴的声音：

"我当然认识。你们就是被石鸰鸟啄去眼睛的那三个人。"

这时，有一个大人开了口。这是一个女人的声音，好像就在哪扇门后面，她说：

"你又在自说自话了。"

那孩子的声音听上去满不在乎:

"不是的。是那三个被石鸰鸟啄去眼睛的人又到这里来了。"

合页响了一下,那个大人的声音比先前近了一点儿。

"你送他们回家去吧。"

那孩子说:

"我不知道他们住在哪儿。"

大人的声音又说:

"别当坏孩子。自从那天晚上石鸰鸟把他们的眼睛啄瞎,所有人都知道他们住哪儿。"

随后,她变了个声调,好像是冲着我们继续说道:

"问题是谁都不愿意相信这事,都说是报纸为了增加销量编出来的假新闻。谁也没见过石鸰鸟。"

我们说:

"可现在我们就在您的眼前。"

那大人声音又说:

"要是我把你们带到街上去,以后谁都不会相信我的话了。"

我们一动也没动,静静地待着,背靠着墙,听她讲话。女人又说:

"如果是这个孩子带你们上街,情况就不一样了。不管怎么样,一个孩子说的话,谁都不会当真的。"

那孩子的声音插了话:

"要是我把他们带到街上去,说他们就是那几个被石鸻鸟啄瞎眼睛的人,小孩子们会拿石头砸我的。街上所有的人都说这事儿是不可能发生的。"

片刻的静寂。紧接着门又关上了。那孩子又开了腔:

"再说了,我现在正在读《特利与海盗》呢。"

有人在耳边对我们说:

"让我去说服他。"

他拖着脚步向那声音的方向走去。

"这我喜欢,"他说,"至少你能告诉我们这个星期特利怎么样了。"

"他在和他套近乎。"我们正这样想着,那孩子开了口:

"这我一点儿都不感兴趣,我只喜欢那些色彩。"

"特利陷进了一座迷宫。"我们说。

那孩子说:

"那是星期五的事了。今天是星期天,我感兴趣的只有那些色彩。"他的口气冷冰冰的,没有丝毫激情,完全不为所动。

那人走了回来,我们又说:

"咱们迷路差不多已经三天了,连歇一歇的工夫都没有。"

我们中间的一个人说:

"好吧,那咱们休息一会儿,可是互相别松开手。"

我们坐了下来。看不见的暖阳让我们的肩膀感觉到了一丝暖意。可就连出不出太阳我们也没有一点儿兴趣。我们能感觉到它就在那里,但其实在哪儿都无所谓,因为我们已经对距离、时间和方向都没了感觉。这时,有好几个人说着话从这里经过。

"石鸻鸟把我们的眼睛啄瞎了。"我们齐声说。

有一个声音说道:

"这几位把报纸上的事儿当真了。"

那些声音消失了。我们就这样坐在那里,肩并着肩,指望着在这些来来往往的声音或人影中遇见一个熟悉的气味或声音。太阳已经照到我们头上了。这时,有人说:

"咱们还是再到墙根儿那儿去吧。"

其余两个人,连窝都没挪,仰起头来朝向清晰可见的光亮,说:

"别急。至少等太阳照到脸上的时候再说吧。"

一九五〇年

有人弄乱了这些玫瑰

Alguien desordena estas rosas

今天是星期天，雨也停了下来，所以我打算带上一束玫瑰去给自己上坟。玫瑰花红白相间，是她种了用来献给祭坛或编成花冠的。冬天里天气闷闷的，有点怕人，一上午都阴沉沉的，使我想起了村里人丢弃死人的那个山岗。那里光秃秃的，一棵树也没有，风吹过之后，星星点点洒落着一些老天爷施舍的残渣。现在雨停了，中午时分的阳光应该已经把山坡上的泥地晒干了，我可以走到坟头，那底下躺着我孩提时的躯壳，只是现在已经在蜗牛和草根之间变成了一堆杂乱的零碎。

她跪在她那些圣像跟前。我想去祭坛前把那几朵最红最鲜的玫瑰拿到手，但第一次没能成功，之后我就一直在屋里没挪动地方，而她一直神思恍惚。原本我今天可能已经得手了；可是灯突然闪了一下，她从恍惚中惊醒，抬起头，向放着椅子的角落看了一眼。她一定在想："又是风。"因为祭坛那边果真有什么东西响了一下，房间晃动了一下，仿佛那些滞留在她身上的回忆被触动了一般。那时我明白了，我还得再等下一次机会才能去取那几朵玫瑰，因为她这会儿头脑清醒，而且正看着那把椅子，我如果把手伸到她脸旁，她会感觉到的。现在我能做的就是等她过一会儿离开房间，去隔壁房间睡她那星期天的例行午觉。那时，我就可以趁她还没回这个房间、死死盯住那把椅子之前，带上我的玫瑰离开。

上个星期天事情要难办一些。我足足等了快两个小时她才进入沉醉的状态。那天，她看上去烦躁不安，仿佛一直被某个确定的念头折磨着：她在这屋里的孤独感突然间减退了。她拿着一束玫瑰在屋里转了好几圈，最后才把它们放在了祭坛前面。然后她走到过道，又转进屋子，向隔壁房间走去。我知道她在找那盏灯。后来当她又走到门口的时候，在走廊的光影里，我看见她身上穿着深色外套，腿上是粉色长袜，我感觉她还像四十年前的那个小女孩一样。那时，就在这间屋子里，她在我床前低下身来，对我说："现在您的眼睛又大又僵，是他们用小棍儿给支开的。"那是在八月里的一个遥远的下午，一群女人把她带到这间屋子里，给她看了尸体，对她说："哭吧。他就像你的哥哥一样。"而她，就那样靠在墙上，哭着，很听话，身上仍旧湿漉漉的，那是被雨水打湿的。

三四个星期天过去了，我一直琢磨着怎么才能接近那些玫瑰花，可她一直守在祭坛前，守着它们，那股机灵劲儿令人吃惊，她在这屋里生活了二十年，我从未发现她如此警觉。上个星期天，她出去找灯的时候，我总算选准了几枝特别棒的玫瑰花。我从来没有离实现自己的愿望这么近过。可就在我打算回到椅子旁的时候，我听见过道里传来了脚步声，我匆匆忙忙地把祭坛上的花弄整齐，就看见她出现在门口，手里举着一盏灯。

她身上穿着深色外套，腿上是粉色长袜，然而她脸上闪现出某种像显灵的亮光。这时的她不像是那个二十年来一直在院子里种玫瑰的女人，而像是那个八月里被人们带去隔壁屋里换衣服的女孩，四十年过去了，她变胖了，也变老了，现在回到这里，手里举着一盏灯。

虽说在熄灭了的炉子旁烘了二十年，我鞋上那天下午结的泥巴的硬壳还在。一天，我去找鞋，那时大门已经关上了，门槛那儿的面包和一束芦荟已被取走，家具也都搬走了。所有的家具都搬走了，只留下角落里那把椅子，正因为有了这把椅子，我才得以度过之后的岁月。我还知道人们把那双鞋放在那里是为了烘干它们，而他们从这所房子里搬走的时候，根本就没人记起它们。

所以我才去找我的鞋。

　　许多年之后，她回来了。已经过去了那么久，屋子里麝香的气味早已和尘土味，和干巴巴的、若有若无的虫子味浑然一体。我一个人待在屋里，坐在角落那儿，等候着。我已经学会了辨别木头腐烂时发出的声音，辨别紧闭的卧房里陈旧空气的鼓翼声。她就是这个时候来的。她站在门口，手里提着一只箱子，戴了顶绿色的帽子，身上穿着那件从那时起再没离过身的棉布上衣。那时她还年轻，还没有发胖，长袜里裹着的小腿也不像现在这么粗。她打开房门的时候，我浑身是土，结满了蜘蛛网，在屋子里某个地方叫了二十年的蛐蛐也静了下来。可尽管如此，尽管有尘土和蜘蛛网，尽管那只蛐蛐突然改变了主意，也尽管刚到的她年龄上有了变化，我还是认出了她，她就是八月里那个大雨倾盆的下午陪我一起在马厩里掏鸟窝的女孩。她现在的样子，站在门口，手里拎着箱子，头上戴着顶绿色的帽子，仿佛马上就要尖叫，马上就要说出当时说过的话：那是在人们发现我仰面朝天摔在马厩的草堆里，手里还紧紧握着一节折断了的梯子横杠的时候。她把门完全打开后，合页发出了嘎吱声，屋顶上的灰土稀稀拉拉地落了下来，仿佛有人用锤子敲打着房梁。这时，她在门口的光影中迟疑了一下，然后把半个身子探进房间，说了句话，那声音就像在唤醒一个沉睡的人:"孩子!孩子!"而我一直静静地待在椅子上,浑身僵硬,腿伸得老长。

一开始我想,她就是来看看这间房子而已,可是她居然住了下来。她给屋里换了空气,感觉像是她打开了箱子,让里面陈年的麝香味散发了出来。当年,人们把家具和衣服都装在大木箱里拿走了,而她带走的只有这房间里的气味。二十年过去了,她把这些气味又带了回来,释放回原来的地方,她又重新立起一个小小的祭坛,和原先那个一模一样。无情的时间辛辛苦苦毁掉一切,而她一到,一切便都恢复了原样。从那时起,她吃住都在隔壁房间,但白天都待在这边,同那些圣像默默地交谈。下午,她坐在门口的摇椅里,补补衣裳,有人来买花就招呼一下。她总是一面摇晃,一面缝补衣裳。每当有人来买一束玫瑰花的时候,她总是把钱掖进腰间围巾的一角,嘴里也总说着同一句话:"拿右边的花,左边的是留给圣徒的。"

她这样在摇椅上一待就是二十年,缝缝补补,摇摇晃晃,眼睛看着那把椅子,仿佛她现在要照看的不是那个和她一起度过一个个童年午后的孩子,而是一个待在这里的有残疾的孙子,这孙子从他奶奶还只有五岁的时候就一直坐在这里没动窝。

等她再低下头时,说不定我就可以走近那些玫瑰花。如果我成功的话，我就要到那个小山岗上去，把花放在坟头，再回到椅子上坐下，继续等候着，等到哪一天她不再回到这个房间里来，隔壁房间里也不再发出窸窸窣窣声。

到那一天，一切都会有个变化，因为我必须再一次离开这所房子，出去找个人告诉他：这个卖玫瑰花的女人，这个孤苦伶仃地住在这所破房子里的女人，需要四个人把她抬到小山岗上去。之后，我将永远一个人待在这间房里。不过她也可以心满意足了，因为到那一天她就会知道，每个星期天到她的祭坛前弄乱她玫瑰的，并不是那来无影去无踪的风。

一九五〇年

纳沃,让天使们等候的黑人

Nabo, el negro que hizo esperar a los ángeles

纳沃趴在干草堆上。他闻到马厩里有一股尿骚味儿浸入自己的身体。他感觉不到自己皮肤的存在，只能感觉到油亮发灰的皮肤上最后那几匹马留下的火辣辣的疼痛。纳沃什么感觉都没有了。好像自从被最后那匹马的马蹄铁踢在脑门上以后他就一直昏睡着，现在只剩下昏睡这一种感觉了。这感觉还是双重的，一方面他能闻到潮湿的马厩里的气味，同时又能感觉到草堆里那些看不见的小虫子让他浑身发痒。他睁了睁眼，又闭上了，然后就这样一动不动，直挺挺、硬邦邦，整整一下午都是这样，感觉自己在悄悄长大，直到有人在他身后说了句话："行了，纳沃。你睡得够久了。"他转过身，大门关得好好的，马却一匹也没看见。纳沃一定以为，尽管听不见它们不耐烦地刨蹶子的声音，这些畜生肯定都在某个暗处待着。他又想象那个对他讲话的人肯定是在马厩外面讲的，因为大门从里面关上了，门闩也上得好好的。那声音又在他身后说话了："说真的，纳沃。你睡得够久了。你差不多已经睡了三天三夜。"直到这时，纳沃才完全睁开了双眼，想起来了："我在这儿，是因为有一匹马踢了我一脚。"

他不知道这会儿几点钟了。现在，一切都已经过去了，就像有人用一块湿海绵把遥远的星期六晚上他去镇上广场的那些事一下子擦去了。他忘记了自己的白衬衣，忘记了自己有一顶用绿色干草编成的草帽，还有一条深色的裤子。他还忘了自己没穿鞋。纳沃每星期六的晚上都要到小广场去；去了他就坐在一个角落里，一声不吭，他去那里不是为了听音乐，而是为了看那个黑人。每个星期六他都去看他。那个黑人戴着玳瑁眼镜，眼镜腿拴在耳朵上，在后排的一个乐谱架前吹萨克斯管。纳沃能看见那个黑人，那个黑人却看不见纳沃。至少，如果有人知道纳沃每星期六晚上都会去小广场看那个黑人，然后问他——不是这会儿问他，因为这会儿他什么都记不起来了——那个黑人是不是偶尔也能看见他，纳沃一定会说不会的。他刷完马后做的唯一一件事，就是去看那个黑人。

有一个星期六，那个黑人没有出现在乐队里他那个位置上。

纳沃开头一定以为，虽说那乐谱架还在那里，但他不会再来这些坊间音乐会演奏了。可也正因为这一点，因为乐谱架还在那里，纳沃后来又想，那个黑人下星期六还会再来的。但是，到了下一个星期六，他还是没来，连他位子上的乐谱架也不见了。

纳沃侧过身来，于是他看见了那个同他说话的男人。一开始因为马厩里暗暗的，他没能认出那人。那人坐在木头架子的一个突起的地方，一面说话，一面在自己膝盖上轻轻敲打着。"有一匹马踢了我一脚。"纳沃又重复了一遍，一面竭力想认出那个人来。"没错，"那人答道，"现在马都不在这儿了，而我们大家都在合唱团等着你。"纳沃晃了晃脑袋，他的脑子还没有转起来。可他总觉得在什么地方见过这个人。那人说大家都在合唱团等着纳沃。纳沃听不懂他在说什么，可有人对他说这样的话，他也一点儿没觉得奇怪，因为每天他刷马的时候，总是随便哼点儿什么曲子给马打打岔。之后他还会在客厅里把那些给马唱的歌唱给那个哑巴女孩听，也是为了让她散散心。但那女孩属于另外一个世界，那个世界的名字叫客厅，她总是坐在那里，眼睛直勾勾地盯着墙。要是有人在他唱歌的时候对他说要把他带到某个合唱团去，他一点儿都不会吃惊。这会儿他更不会吃惊了，因为他根本就没听懂。他身体发困，脑袋发木，脑子像进了水。"我想知道马都上哪儿去了。"

他说。那人说:"我跟你说了,马都不在这儿了;我们大家感兴趣的只是你这样的嗓子。"也许是因为脸朝下趴在草堆上吧,纳沃听是能听见,可他却不能区分哪个是马蹄铁踢在脑门上的疼痛,哪些是别的紊乱的感觉。他的脑袋落回草堆上,又睡着了。

虽说那个黑人已经不在乐队里了,可接下来的两三个星期纳沃还是继续到小广场上去。倘若纳沃打听一下那黑人到底怎么了,也许会有人告诉他。但纳沃没有问,而是继续去听音乐会,直到有一天,另一个人带着另一支萨克斯管代替了那个黑人的位置。这时纳沃才确信那个黑人不会再回来了,于是决定自己也不再去小广场了。醒来的时候,他觉得自己只是打了个盹儿。鼻子里还满是青草的气味。眼前和身边还是一片漆黑。可那个男人还在角落里待着。那人一面敲打着膝盖,一面用喑哑平和的嗓音对他说:"大家都在等你,纳沃。你这一觉睡了快两年了,还不想起来。"纳沃闭了闭眼,又张开。他迷迷糊糊、困困惑惑的,向角落看去,看见了那个男人。直到这一刻,纳沃才认出了他。

如果我们家里这些人知道纳沃每星期六晚上都去小广场干什么,我们就会想,他之所以不再去了,是因为他在家里也有音乐可听。那是我们把自动唱机带去给小女孩消遣的时候。因为需要一个人全天给唱机上发条,大家能想到的最合适的人选就是纳沃。

他可以在不需要照看马匹的时候做这件事。女孩总坐在那里,听着唱片。有时候,音乐正响着,女孩会从座位上下来,眼睛仍旧盯着墙,流着口水,爬到走廊那边去。这时,纳沃就会抬起唱针,自己唱起歌来。最初,纳沃刚到家里来的时候,我们问过他都会干点儿什么。纳沃说他会唱歌。但这引不起任何人的兴趣。这里需要的只是一个给马刷刷毛的小伙子。纳沃留了下来。可他还是一如既往地唱歌,就好像我们当初留他下来就是为了让他唱歌似的,好像给马刷毛只不过是干活时放松一下的消遣。就这样,一年多过去了,家里人都习惯了这样一个想法,就是那个女孩再也不会走路了,也再也不会认出什么人了,她会一直孤零零的,死气沉沉,听着唱机,两眼漠然地注视着墙壁,直到我们把她从椅子上抬起来抬进房间里去。从那时起,我们不再为她难过了;可是,纳沃像一贯那样忠实,按时按点地给唱机上发条。这是在纳沃还没有停止星期六晚上去小广场的那段时间。一天,小伙子正在马厩里,有人在唱机旁说了句:"纳沃。"我们当时都在走廊里待着,谁也没有操心有什么人会说什么。可第二次听见有人在叫"纳沃"的时候,我们抬起了头,问道:"谁和女孩在一起?"有人说了句:"我没看见有谁走进来呀。"又有人说:"我敢肯定我听见有人叫了声'纳沃'。"可当我们进去查看的时候,只看到女孩一个人坐在地上，靠着墙。

纳沃那天早早就回来睡觉了。那是他因为那个黑人被顶替就没去小广场之后的第一个星期六。三周后的一个星期一，纳沃正在马厩里，唱机响了起来。一开始谁都没有在意。只是后来我们看见这个小黑人唱着歌走过来，身上还淌着马身上溅的水，我们便问他："你是从哪儿出来的呀？"他说："从门那儿出来的呀。我从中午起就一直在马厩里忙活。""那唱机在响，你没听见吗？"我们问他。纳沃回答说听见了。我们又问他："那么是谁给唱机上的发条呢？"他耸了耸肩："那女孩儿呗。挺长时间了，都是她上的发条。"

事情就是这样，直到那天我们发现他被困在马厩里，脸朝下趴在草堆上，脑门上是马蹄铁边缘嵌下的印子。我们搭着他的肩膀把他抬起来的时候，纳沃说了句："我在这儿，是因为有一匹马踢了我一脚。"可谁都没有在意他此刻说了什么，我们注意的是他那双死鱼般冰冷的眼睛和满是绿色泡沫的嘴巴。在高烧的折磨下，他整夜哭泣不停，说着胡话，说什么梳子丢在马厩的草堆里找不见了。这是第一天的事。第二天，他睁开双眼，说了句："我渴了。"我们给他拿来水，他一饮而尽，又要了两次水。我们问他怎么样了，他说："我这会儿的感觉就像是被马踢了一样。"接下来他没日没夜地说着话。最后他从床上坐了起来,伸出一根食指,指向上方,说一整夜马都在奔跑,搞得他睡不成觉。可是从前一晚开始他就不发烧了,也不昏迷了。但他就是在不停地说着话,后来大家用一块毛巾堵住他的嘴,他又透过毛巾唱起歌来:他说透过紧闭的大门,耳边能听见瞎了眼的马儿找水喝的喘息声。我们把毛巾取出来让他吃点儿东西的时候,他把脸转过去对着墙,我们都以为他睡着了,也说不定他真的睡着了一小会儿。可他醒来的时候已经不在床上了。他的双手和双脚都被绑在了房间里的一根柱子上。就这样,被绑着,他又唱开了歌。

纳沃认出那个人之后对他说:"我先前见过您。"那人说:"从前每个星期六,你都能在小广场上看见我。"纳沃又说:"不错,可我一直以为我能看见您,而您是看不见我的。"那人说:"以前我从来没看见过你,可是后来,当我不再去的时候,总觉得好像每星期六少了一个看我的人。"纳沃又说道:"您不再去那儿了,可我还接着去了三四个星期呢。"那人还是一动不动,在膝盖上轻轻敲打着:"虽说那是唯一值得做的事,我还是再也不能回那小广场了。"纳沃努力想支起身子来,头在草堆上摆了摆,耳朵还在继续听着那冷冰冰的固执声音,直到后来,他甚至没来得及搞明白便又一次昏睡过去。自从被马踢了之后,他总这样,也总能听见有个声音对他说:"纳沃,我们在等你。你已经睡了不知道多长时间了。"

那个黑人没去乐队四个星期以后,纳沃正在给一匹马梳尾巴。这事他以前从来不做,他一向只给马刷刷身子,同时嘴里哼上两句小曲。可星期三那天他去了趟市场,看见一把梳子,他对自己说:"这梳子用来梳马尾巴正合适。"这才引发了十年还是十五年前马把他踢了一脚的事故,让他落了个一辈子糊里糊涂的下场。家里有人说:"他还不如那天干脆死了算了,总比现在这样一辈子胡说八道强。"可是自从人们把他关起来以后,谁都没有再见过他。大家只知道他被关在那个小房间里,而那个女孩从此再也没动过唱机。可在这个家里我们都没有多大兴趣去了解这些事。我们把他关起来了,就像关了一匹马,就好像马在踢他的同时也把那股笨劲儿传给了他,把马的那股傻劲儿、那股畜生劲儿深深地印在了他的脑门子上。我们把他禁闭在四堵墙壁之间,仿佛我们做出了一个决定,要把他一直禁闭到死,因为我们实在还没有冷漠到用别的办法杀死他。就这样,十四年过去了,直到有一天,孩子们当中的一个长大了,说想看看他的脸,就这么着,他打开了那扇房门。

纳沃又看了那人一眼,说:"有一匹马踢了我一脚。"那人说:

"这话你说了有一百年了,可我们一直在合唱团等着你。"纳沃又晃了晃脑袋,然后又一次把受过伤的脑门埋进草堆里,他觉得自己突然记起了事情是怎么发生的。他说:"那是我第一次给一匹马梳尾巴。"而那人说:"那是我们想让你做的,为的就是让你到合唱团来唱歌。"纳沃说:"我不该买那把梳子的。"那人回答:"你迟早都能碰见那把梳子,我们早已料定你会碰见它,也料定你会去给马梳尾巴。"纳沃又说:"我从来都不站在马屁股后面的。"那人仍旧很平静,仍旧没有觉得不耐烦:"可你站在那里了,马也踢着你了。这是唯一能让你来合唱团的办法。"这种谈话就这样持续着,日复一日,年复一年,直到有一天家里有人说了句话:"差不多十五年了,谁都没打开过这扇门。"门被打开的时候,那个女孩(她没有再长个儿,已经年过三十,眼皮上开始有忧伤的痕迹)还坐在那里,眼睛望着墙。她转过脸来,朝着另一个方向闻了闻。人们又关上了门,说道:"纳沃没什么动静。在里面动也不动。过些天就会死的,等我们闻到气味就会知道。"又有人说:"从饭菜上也能知道。他一直在吃饭。他就这样关着倒也不错,没人去打扰他,房子后面也能透进不错的光线。"事情就这样继续下去,只是那个女孩现在看的是门的方向,一面还嗅闻着从门缝里透进来的热气。就这样一直到了凌晨时分,我们听见大厅里传来一阵金属的声音,我们想起来了，这和十五年前纳沃给唱机上发条的声音一模一样，我们站起身来，点着了灯，于是大家都听见了那首已经被人遗忘的歌曲的头几个节拍，那是一首忧伤的歌，多年以前就埋葬在唱片里了。那声音一直响着，越来越勉强，就在我们走到门口的时候，传来一声脆响，我们听到唱片还在响，看到那女孩坐在角落里的唱机旁，两眼直盯着墙壁，唱机摇柄已经从盒子上脱落下来，被女孩高举在手中。我们都没有动，女孩也没动，只是静静地待在那里，木雕泥塑般紧盯着墙壁，高举着摇柄。我们什么话都没讲，又回到房间里，想起以前有人对我们说过，那女孩是能给唱机上发条的。这么一想，我们都没再睡觉，唱机里断了的发条还在转着，我们就这样听着那首老旧的曲调。

前一天，人们打开房门时，里面传出一股生物垃圾的气味，一股死亡的肉体的气味。开门的那个人喊道："纳沃！纳沃！"可里面没人回应。门缝边，盘子里空空如也。每天三次会有人把盘子从门底下塞进去，而三次盘子塞出来的时候都会被扫得精光。因此，也仅仅因为如此，我们才知道纳沃还活着。

他在里面已经不大动弹了，也不再唱歌了。这应该是大门关了之后纳沃对那人说"我不能去合唱团"时的事。那人还问了句："为什么呢？"纳沃回答说："因为我没有鞋子。"那人抬了抬脚，说："这不要紧。这里没人穿鞋子。"纳沃看见那人抬起的脚底板,黄黄的、硬硬的。"我已经在这里等了不知道多长时间了。"那人说。"可我刚刚被马踢了一脚。"纳沃回应道,"现在我要去给脑袋上淋点儿水,然后把马牵出去遛遛。"那人说:"马已经不需要你照看了。这儿已经没有马了。现在要跟我们走的是你。"纳沃又说:"马应该是在这儿的呀。"说着他略微欠起身子,双手深深陷进草堆里。这时,那人又说:"已经有十五年没人照看它们了。"可纳沃用手在草堆下面抓挠着地面,说道:"那把梳子总应该还在附近吧。"那人说:"这马厩已经关了十五年了。现在到处都是瓦砾。"纳沃说:"什么瓦砾也不能在一个下午就堆积起来。不找到梳子,我是不会离开这儿的。"

第二天,人们又一次把大门加固之后,屋里又响起了摸摸索索的声音。接下来,谁也没有动弹,谁也没有说话,可就在这时,大家听见了第一阵嘎吱嘎吱声,在一股不可思议的巨大力量压迫之下,门开始晃动了。里面的声音听上去就像是一只被困的野兽在喘着粗气。纳沃又一次晃了晃脑袋,噼啪一声,生锈的合页终于被弄坏了。"找不到梳子,我绝不会去合唱团的,"纳沃说道,"它应该就在这里。"他在草堆里扒拉着,把草堆扒得稀烂,又用手抓挠着地面,直到那人说:"行了,纳沃。要是你非得找到梳子才肯来合唱团，那你就去找吧。"他向前探着身子，脸上笼罩着极有耐心的高傲，脸色阴沉下来。他把两只手撑在栏杆上，说："去吧，纳沃。要是有人敢阻挡你，有我呢。"

门被撞开了，那个身材魁梧的黑人走了出来，脑门上还带着粗糙的伤疤（虽说这事儿已经过去了十五年），他迈过地上的家具，跌跌撞撞的，两只拳头举得老高，怪吓人的，拳头上还缠着人们十五年前绑住他的绳索（那时他还是个照看马匹的黑小伙）。像刮了一阵狂风一样，他一肩膀就顶开了门，然后在走廊里大叫大嚷，（在他走进院子之前）他走过女孩身边，那女孩还坐在那里，手里拿着头一天晚上就拿在手里的唱机摇柄（她眼见那股黑色的力量被释放出来，不由得想起了什么，好像是过去的一个什么词儿）。他用肩膀撞倒了厅里的大镜子，没有看见那女孩（既没在唱机旁看见她，也没在镜子里看见她），来到院子里（他还没找到马厩在哪里），他仰面朝着太阳，眼睛闭着，什么也看不见（屋里的镜子被打碎轰然落地的声音还未停息）。他一通乱跑，像一匹被蒙住眼的马，凭本能寻找着马厩的门，十五年的禁锢已经把这扇门从他的记忆中抹去了，却难以使它从他的本能中泯灭（这要从那个遥远的日子里他给马梳理尾巴、结果弄得一辈子傻里傻气算起）。他在身后留下了一场灾难，到处一片狼藉，一团混乱，他像一头被蒙住双眼的公牛，闯进满是灯具的房间，最后跑到了后院（他仍然没有找到马厩）。他用刚才撞倒镜子的那股飓风般的疯狂扒拉着地面，也许他在想，扒拉扒拉这些草，母马尿液的气味就会重新升腾起来，好让他找到马厩的大门（此刻，这股劲头已经远远超过了他身上那股狂乱的力量），他将迫不及待地推开那扇门，脸朝下扑倒进去。也许只剩下一口气，但还是被那股兽类的凶猛弄得糊里糊涂。半秒钟之前，就是这股糊涂劲儿让他没能听见那个女孩说了些什么。女孩举着摇柄，看着他走过，女孩嘴角流着口水，记起了一点儿什么，她在椅子上没挪动身子，也没动嘴，只是在空中晃着那唱机的摇柄，终于记起了她这一辈子唯一学会的一个词儿，便从客厅里高声对他喊道："纳沃！纳沃！"

一九五一年

有人从雨中来

Un hombre viene bajo la lluvia

从前，当她坐下来聆听雨声的时候，曾有过同样的惊悸。她总能听见铁栅栏嘎吱嘎吱响，听见铺着砖的小路上有脚步声，听见门槛外靴子在地面上踢踢踏踏的声音。很多个夜晚，她总盼望着那人会来敲响她的门。可到了后来，当她学会了辨识雨中各色各样的声音后，她想，那个想象中的人永远也不会迈过门槛，于是便习惯了不再等待。这是她在五年前那个狂风暴雨的九月夜晚做出的最终决定，从那时起，她开始思索自己的人生，并对自己说："照这样下去，我最后会变老的。"从那时起，雨声便有了变化。有些时候，铺着砖的小路上的脚步声不见了，代替它们的唯有雨声。

尽管她已决定不再等候，但事实上有几次栅栏又发出了嘎吱声，门槛外那人的靴子又踢踢踏踏作响，和从前一样。可这时雨声已经给了她新的启示。她又一次听见了诺埃尔的声音，十五岁的他正给他的鹦鹉宣讲教义；又听见那台老式留声机放着古老而忧伤的歌曲，那留声机后来在她们家最后一个男人死去之后被卖给了小杂货铺。她早已学会了在雨声中找回家里过去消失了的声音，那些最纯净、最亲切的声音。就在这个风雨交加的夜晚，一件意外的新鲜事儿发生了，那个好几次推开铁栅栏的男人走上了铺着砖的小路，在门口咳嗽了一声，敲了两下门。

一种无法遏制的渴望使她脸色发灰，她轻轻地做了个手势，把目光投向另一个女人待着的地方，说道："他来了。"

另一个女人坐在桌旁，两条胳膊肘支在没有磨光的粗橡木桌面上。听到敲门声，她朝油灯看过去，仿佛被一股刺人心脾的渴望震动了。

"这个钟点了，会是谁呢？"那女人问道。

这时她又恢复了平静，十分有把握，就像是在说一句多年来一直在酝酿的话。

"这无所谓。不管是谁，他这会儿一定冻僵了。"

在她的目光寸步不离的关注下，另一个女人站起身来。她看着她拿起油灯，消失在走廊里。从昏暗的客厅里，在黑暗中听上去更响的雨声中，她感觉到那女人的脚步声，在门厅散乱的旧砖地上一脚轻一脚重地渐行渐远。接着她听见油灯碰在了墙上，再下来就是门闩在生了锈的铁环里抽动的声音。

一时间，她耳朵里听见的只有遥远的过去的声音。她听见很久以前诺埃尔坐在木桶上兴致勃勃地给他那只鹦鹉宣讲上帝的旨意。她听见院子里车轮的嘎吱声，爸爸劳雷尔正打开大门，好让那辆两头牛拉的车能进来。她听见赫诺维瓦总是把家里吵翻了天，因为"这个倒霉的厕所每次都被占着"。然后，听见的又是爸爸劳雷尔的声音，听见他满嘴当兵时的粗话，用猎枪轰着燕子，那杆枪是他在最后那场内战中用过的，他一个人用它打败了整整一个师的政府军。她甚至还想，这次的事仅仅也就是敲了敲门而已，就像从前仅仅是用靴子在门槛上蹭了蹭一样；她还想，另一个女人打开了门，可看见的也不过是雨中一盆一盆的花，还有那凄凄凉凉、空无一人的街道。

然而，紧接着她就清清楚楚地听见黑暗中传来说话的声音，又听见了那熟悉的脚步声，看见了门厅的墙上拉得长长的人影。此刻她明白了，那个一次次推开铁栅栏门的男人，在多年的试探之后，在一个个犹豫和悔恨的夜晚之后，终于决定了走进来。

另一个女人拿着灯走了回来，后面紧跟着刚进来的那个男人。她把灯放在桌上，那男人——就在灯光的光影里——被风暴吹得变了形的脸冲着墙，他脱去了雨衣。这时，她第一次看见了他。一开始，她定定地看着他，然后又从头到脚，把他身体的每个部分都细细打量了一番，她目光坚毅，专注而认真，仿佛不是在打量一个男人，而是在端详一只鸟。最后，她把目光收回到油灯那里，开始思索起来："不管怎么说，就是他，虽说在我以前的想象中他要稍微高一些。"

另一个女人把一把椅子拖到桌子旁边。男人坐了下来，翘起一条腿，解开了靴子上的鞋带。另一个女人在他身边坐下，有一搭没一搭地和他说着话，说的什么她在摇椅这边一点儿也听不清楚。可从他们不说话时的表情上，她感觉到自己正从遗弃中被救赎，并且注意到，布满尘土、缺乏生气的空气中又有了从前的气息，仿佛又回到了那个男人们带着一身汗臭味走进卧室的年代。而那时，乌尔苏拉，那个慌慌张张的壮实女孩，每天下午四点五分都会跑到窗口目送火车离去。她看着他的动作和表情，心里很庆幸这个陌生人这样做了；庆幸他明白了，在一次艰难的、需要时时修正的行程之后，自己终于找到了这座迷失在暴风雨中的房子。

男人开始解衬衣的扣子。他已经脱去了靴子，正把身子俯在桌面上，就着灯火的热度烘干自己。这时，另一个女人站起身来，走到橱柜前，回到桌旁的时候，她手里拿着一瓶喝了一半的酒和一只酒杯。男人一把抓住瓶颈,用牙齿咬开软木塞,给自己倒了半杯绿绿稠稠的烈酒,紧接着,带着饥渴与兴奋,一口气喝光了。她坐在摇椅里,看着他,想起了那个晚上,当栅栏第一次发出响声——那是多久以前的事了!——她想过,家里除了这瓶薄荷酒再也没有什么东西可以拿出来招待客人了。她也曾对女伴说过:"得把那瓶酒放在橱柜里,说不定什么时候就有人要喝。"女伴问她:"谁?""随便谁。"她答道,"下雨天,万一有人来,有准备总是好一点儿。"从那时起好多年过去了。现在,那个预想中的男人就在那里,往杯子里又倒了些酒。

但这次男人没有喝成酒。就在他准备喝的时候,他的目光越过油灯,往暗处扫视了一番,于是她头一次在他的目光中感到一丝暖意。她明白了,直到此刻之前,男人还没有觉察到这间屋子里还有一个女人存在;于是她摇起了摇椅。

有那么一会儿,男人带着一种冒冒失失的关注仔细地打量着她,这种冒失也许还有些故意的成分。一开始她有点儿不知所措,可紧接着她就察觉到,这目光她也似曾相识,虽说这审视的目光紧盯着她不放,有些肆无忌惮的味道,但是目光里饱含着诺埃尔那种略带调皮的善良,还有一丝他那只鹦鹉慢吞吞的、老实巴交的笨拙。因此她开始边摇摇椅边想:"即便他并不是那个总来推开铁栅栏的男人,但不管怎么着吧,就算是他了。"那个男人注视着她,她边摇晃边想:"要是爸爸劳雷尔在的话,会邀请他到园子里去打兔子的。"

将近半夜时分,暴雨越下越大。另一个女人把椅子拖到摇椅跟前,两个女人就这样静悄悄的,一动不动,看着男人就着灯火把自己烘干。临近的一棵巴旦杏树上,一根伸出的树枝好几次敲打着没关紧的窗户;一阵狂风袭来,客厅里的空气变得潮湿。她感觉脸庞被割得生疼,但还是一动没动,直到看见那男人把最后一滴薄荷酒倒进了杯子里。在她看来,这场面有点儿象征意义。她想起了爸爸劳雷尔,想起他一个人掩蔽在畜栏里作战,用一杆打燕子的霰弹枪,把政府军一一打倒。她又想起了奥雷里亚诺·布恩迪亚上校写给爸爸的那封信,还有他授予爸爸的上尉军衔,爸爸劳雷尔拒绝了,他说:"告诉奥雷里亚诺,我这么做不是为了什么战争,只是不想让这些野蛮人把我的兔子吃掉。"

在这番回忆里,她就像是把她在这所房子里仅剩的过去也一滴不剩地倒得干干净净。

"橱柜里还有什么吗?"她阴郁地问了一句。

另一个女人也用同一种语气,同一种声调,想着那个男人不会听见,说:

"什么也没有了。你记得吧，星期一我们就把最后一小把菜豆吃光了。"

说完，她们好像担心对话被那男人听到，都向桌子那边看过去，但她们看到的只是一团漆黑，桌子和男人都不见了。可她们知道，男人就在那里，看不见，但就在熄灭了的灯旁边。她们知道，雨不停他是不会离开这所房子的，她们还知道，在黑暗中客厅变得如此之小，要是那男人听见了她们的对话，那也没什么好奇怪的。

一九五四年

伊莎贝尔在马孔多观雨时的独白

Monólogo de Isabel viendo llover en Macondo

冬天在一个星期天做完弥撒出来时突然降临了。星期六夜里闷热难当。尽管如此,星期天早上谁也没有料到会下雨。做完弥撒,我们女人们还没来得及找见雨伞的按扣,就刮起了一阵浓浓暗暗的风,风打着又宽又圆的旋儿,把灰尘和五月里的燥热一扫而空。有谁在我身旁说了句:"刮这种风是要下雨的。"这我早就知道了,在我们往院子里走,我肚子里闹腾着黏糊糊的感觉时我就知道了。男人们纷纷跑向邻近的房舍,一只手摁住帽子,另一只手用手帕防着风沙。就在这时,雨下开了。天空成了灰蒙蒙的一块,胶冻似的,在离我们头顶一拃的上方扑腾。

接下来的整个上午,继母和我坐在栏杆边,开开心心的,因为七个月的酷热夏天和烤人的风沙结束了,雨水使花盆里渴坏了的迷迭香和晚香玉重新焕发了生机。中午时分，地面上暑热散尽，被翻过的土地的气息、苏醒过来面貌一新的植物的气息，和雨水打在迷迭香上面清新而康乐的气息浑然一体。吃午饭时，父亲说："五月里下雨，是雨水好的兆头。"因为新季节而容光焕发的继母微笑着对他说："这话是你听布道的时候听来的吧。"父亲也微微一笑。这顿午饭他吃得很香，还静静地靠着栏杆愉快地消化食物，他眼睛闭着，但没有睡着，好让自己觉得像是在做白日梦一样。

雨一下就是一下午，雨声一直也没什么变化。雨落下来的声音整齐而平和，就像是一下午都在火车上旅行一般。可不知不觉间，雨就这样深深地浸入了我们的感官之中。星期一一大早，当我们关上大门不让刺骨的寒风从院子里吹进来时，我们的感官里满满地浸透了雨，到了星期一上午，感官里已经装不下它。继母和我又向花园里看了看。五月里粗硬的褐色地面一夜之间变成了暗暗软软的一摊，像平日里见到的肥皂一样。花盆与花盆之间已经有水流在涌动。"我觉得一整夜下来花盆里的水太多了。"继母说。我发现她脸上已经没了微笑，头一天的快乐变成了一脸松松垮垮的严肃，有点儿心烦意乱。"我看也是，"我答道，"最好叫雇工们在雨停之前把它们都搬到走廊里去。"雇工们这样做了，雨越下越大，就像一棵巨大无比的树笼罩在所有树的上方。我父亲待在他

182

星期天下午待过的地方,可是他没谈论下雨的事情。他说:"恐怕是我昨天晚上没睡好,早上起来腰背疼。"他就这样靠着栏杆坐在那里,两只脚翘在椅子上,头拧过去,朝着空空荡荡的花园。一直到下午时分,他午饭也没肯吃,才说了句:"这像是要下个没完没了。"这时我想起了炎热的月份,想起了八月里那些使人昏昏沉沉的漫长的午睡时分:我们被沉重的时间折磨得半死不活,衣裳被汗水打湿,紧紧黏在身上;耳朵里,外面喑哑的嗡嗡声响个不停,时间仿佛停顿了似的。我看见墙壁被雨水浇得透湿,木板接缝的地方被水泡得发胀。我还看见小花园里破天荒地显得空空荡荡的,墙根的茉莉就像是对我母亲忠实的记忆。我看见父亲坐在摇椅里,疼痛不已的脊椎下面垫了个枕头,眼睛里含着忧郁,看着迷宫似的雨幕发呆。我想起了八月里的那些夜晚,在那种神奇的寂静里,能听见的唯有千万年来地球绕着它那根生了锈又没上过油的轴旋转的声音。这时就会有一种压抑的忧伤突然向我袭来。

星期一一整天都在下雨,和星期天一样。可这时的雨好像在以另一种方式下,因为我心里涌上了一股异样的酸楚。到了下午,有一个声音在我的椅子旁对我说:"这雨下得真烦人。"我不用回头去看就认出了马丁的声音。我知道说这话时他就坐在我旁边的椅子上,表情还是那样冷漠,甚至在十二月那个阴暗的清晨他成了我的丈夫之后也没有过哪怕一点点的改变。从那时算起，已经过去五个月了。这会儿我怀了孩子。而马丁就在那里，在我身旁，说什么他讨厌下雨。"雨倒不烦人，"我说，"我觉得让人特别心烦的是这个园子空空荡荡的，还有那些可怜的树，它们想挪也挪不出这个院子。"说完，我转过身去看他，可马丁已经不在那里了，只有一个声音还在对我说："看起来这雨是不想停了。"我向这声音传来的地方看过去，眼前只有一把空空的椅子。

星期二天亮的时候，花园里出现了一头奶牛。它一动不动，冷冷的、倔倔的，四只蹄子陷在泥地里，头低低地垂着，活像一堆隆起的黏土。一上午，农夫们用棍棒砖头想把它赶走，可那奶牛待在园子里不为所动，还是那样冷冷的，一副不可侵犯的样子，四只牛蹄没在烂泥里，硕大的牛头被雨打得湿漉漉的。农夫们一直在撵它，直到后来一向宽容大度的父亲出面来保护了它："别动它了，"他说道，"它怎么来的，自然会怎么走。"

星期二下午，雨下得越发急了，雨声像根刺，扎在心里生疼生疼的。第一天上午那种凉爽的感觉已经开始变成一种热辣辣、黏糊糊的潮气。气温不算低也不算高，是那种令人发抖的温度。两只脚在鞋子里直出汗。人们不知道哪一种感觉更不舒服，是让皮肤露出来呢，还是穿上衣服。家里面一切活动都停止了。我们还是坐在走廊里,但是已经不像第一天那样观看这雨幕,我们已经感觉不到天在下雨。这样一个令人忧伤的没精打采的黄昏,给人唇间留下的味道就像是你刚刚梦见了一个陌生人而被惊醒似的。我们能看见的只是树木朦朦胧胧的轮廓。我知道这是星期二,于是我想起了圣赫罗尼莫的孪生姐妹,那是一对双目失明的女孩,每个星期都到家里来给我们唱一些短短的小曲儿,她们奇妙的嗓音里透露着苦楚和无助,听上去凄凄切切。透过雨声,我听见那对失明的姑娘的歌声,想象着她们在自己的家里,蹲在地上,等着雨停了好出去唱歌。我在想,圣赫罗尼莫家的双胞胎这一天是没法出来唱歌了,就连那个讨饭女人也不会在午睡之后出现在走廊里,像每个星期二一样,一成不变地讨要一枝蜜蜂花。

这一天,我们吃饭的顺序也被打乱了。继母在本当午睡的时候端上了一盆寡淡无味的汤和一块陈面包。可实际上大家从星期一黄昏起就再没吃过东西,我觉得也就是从那时起,我们的思维都停顿了。我们都瘫痪了,被雨水麻醉了,以一种平和忍耐的态度听任大自然垮塌下去。那个下午唯一动弹了一下的只有那头奶牛。突然间,一阵深沉的轰鸣声响彻它的五脏六腑,它的四蹄越发吃力地深深陷进了烂泥之中。接下来有半个小时,它一动不动,就像是已经死了一样,之所以还没倒下只是因为它靠惯性活着,靠着在雨中维持同一个姿势的习惯支撑着，直到最后习惯终于败给了躯体。于是它弯曲了前腿（又亮又黑的牛屁股在最后垂死挣扎时还高高翘起），嘴巴喘息着，扎进烂泥之中，终至无力再支撑它自身的重量，静静地、一点儿一点儿、有尊严地完成了这次完整的倒地仪式。有人在我身后说道："它走到头了。"我转过身去，看见那个每星期二都会来的讨饭女人站在门口，她冒着大雨前来，为的还是讨一枝蜜蜂花。

星期三我本来已经习惯这种令人惊恐的环境了，可一到客厅，就看见餐桌靠在了墙边，上面堆满了各色家具，而在另一边则堆满了大大小小的箱子，里面是各式各样的家什，仿佛一夜之间临时搭起了一座掩体。这种景象使我惊恐万分，脑子里顿时一片空白。夜里一定发生了什么事。屋子里乱作一团；雇工们赤着膊，光着脚，裤腿卷到膝盖上，正在把家具搬到餐厅里去。从男人们的脸上，从他们干活时匆匆忙忙的劲头上，可以看出一种严酷，那是做了无效的反抗、在大雨中被折磨得无可奈何的严酷。我身不由己，一通乱跑，感觉自己变成了一片被踏平的青草地，长满了藻类和苔藓，还有黏糊糊、软绵绵的蘑菇，我在潮气和雾霭令人憎恶的覆盖下变得肥沃起来。我正在客厅里看着家具被堆到一起后空空荡荡的景象，突然听见继母在房间里叫我，说我这样会得肺炎的。

直到这时我才发现水已经淹到我脚脖子了，而屋子已经被水淹了，地面上覆盖着厚厚的一层黏糊糊的死水。

  星期三这天，到了中午天还没大亮，而下午不到三点，夜幕又古怪地提前降临了，夜晚以一种缓慢单调又毫不留情的节奏降临，和院子里的大雨一样。这是一个早到的黄昏，轻巧而又凄楚，在一群静静的雇工中弥散开来，他们都蹲在靠墙的椅子上，面对大自然的恶行无可奈何。街上开始传来消息，这些消息不是谁带到家里来的，而是自然而然地传了进来，准确而又具体，仿佛是被街上流淌着的泥浆送进来的，那泥浆裹挟着各色各样的家用器具，裹挟着年代久远的灾难的残余，裹挟着残砖断瓦，还有动物的尸体。有一件事其实星期天就发生了，那时雨水还只不过是老天爷对这个季节的一种宣示，可家里耽误了整整两天时间才得到消息。星期三，就像是被这场暴雨自身所拥有的动力推动着，消息终于传来了。人们这才得知教堂也被大水淹了，看样子快倒塌了。这天晚上，一个天知道怎么得到消息的人说："从星期一起，火车就过不了大桥了。好像是河水把铁轨冲走了。"又听说有个生病的女人从她的床上失踪了，到了下午，人们在院子里发现她漂在水面上。

  我被吓坏了，陷于恐惧和洪水之中不能自拔，我在摇椅上坐了下来，两腿蜷缩着，两眼盯着潮乎乎的暗处，心里充斥着各种混乱的预感。继母出现在门口，高举着一盏油灯，头高高地昂起，活脱脱一副出现在家里的幽灵模样，看到她这副模样我倒是一点儿也没有吃惊，因为我自己也有她这种超自然的天分。她走到我跟前，头依然高昂着，油灯依然高高举起，脚在走廊里的水中蹚着，哗哗作响。"现在我们该做祷告了。"她这么说。我看见她的脸干巴巴的，满是皱纹，活像是刚从哪家坟地里跑出来，又像是用某种和我们人类不一样的物质制造而成的。她站在我面前，手里拿了串念珠，说："现在我们该做祷告了。大水把坟墓都冲垮了，可怜那些死人在公墓里漂来漂去的。"

这天夜里，我可能已经睡着了一会儿，突然被一种酸臭的刺鼻气味惊醒，那气味就像是腐烂的尸体的味道。马丁在我身旁鼾声如雷，我用力摇晃他，说："你没闻见什么吗？"他说："闻见什么？""气味呀，一定是大街上漂着的那些死人。"我被自己的想法吓坏了，可马丁朝墙那边翻了个身，用还没睡醒的沙哑嗓子说："那是你的事，女人怀了孩子总爱胡思乱想。"

星期四天亮时分，气味闻不到了，人们对距离的感觉消失了。对时间的感觉头一天就有点儿变样，现在则彻底没有了。因此，没有什么星期四了，有的只是一块像果冻似的有形的东西，用手一扒拉开就可以看见星期五。在这里，既没有男人，也没有女人，继母、父亲、雇工们都是些行尸走肉，在冬天的沼泽上行走。父亲对我说："您在这儿别走开，我回来再告诉您能做点儿什么。"他的声音远远的，好像隔着一层什么东西，我仿佛不是用听觉接收到的，而是用触觉，这是此刻唯一还起作用的感官。

可父亲再也没有回来：他在时间里迷了路。因此，夜晚来临时我叫继母陪我回了卧室。我做了个宁静平和的梦，一做就是整整一夜。第二天，一切依然如旧，没有色彩，没有气味，也没有温度。我刚一醒来就跳到一把椅子上，待在那里一动也不动，因为有什么东西在告诉我，我的意识里还有一小块地方没有完全醒来。这时我听见了火车的汽笛声。火车的汽笛声凄厉而冗长，逃离暴雨而去。我想："总有个什么地方雨已经停了。"而就在我的身后，仿佛是在回答我的思想，一个声音开了腔："会是哪里呢……""谁在那里？"我一面问，一面望去。看见的是继母伸出一只瘦骨嶙峋的长胳膊指向墙壁。"是我。"她说道。我问她："你听见汽笛声了吗？"她说听见了，还说兴许周边的雨已经停了，铁路也修好了。说着她递给我一个盘子，盘子里是热腾腾的早餐，闻上去有一股蒜汁和热黄油的香味。那是一盘汤。我有点儿不知所措，就问继母几点钟了。她安安静静地说，声音听上去有点儿萎靡不振、无可奈何:"差不多有两点半了吧。不管出了什么事,火车还是没有晚点。"我说:"都两点半了!我怎么一睡就睡了这么长时间!"她告诉我:"你没睡多长时间呀,这会儿顶多也就三点。"我浑身发抖,只觉得盘子从双手间滑脱出去,说:"星期五两点半了……"而她则显得无比镇静:"是星期四两点半,孩子。现在是星期四两点半。"

我不知道自己究竟有多长时间沉浸在那梦游般的情境中,感官完全失去了作用。只知道过了好多个小时以后我听见隔壁房间有人在说话:"你现在可以把床往这边挪一挪了。"那声音显得很疲乏,但那绝不是个生病的人,听上去更像是个正在康复的人。紧接着,我又听见水里有砖头的声音。我全身僵直,后来才觉察到原来自己是躺着的。我感觉到一阵无穷的空虚,感觉到家里一片强烈的、令人惊悚的寂静,一种令人难以置信的东西使一切事物都死气沉沉,一动不动。我忽然感觉到自己的心脏变成了一块冰冷的石头。"我已经死了,"我想,"上帝啊,我这是死了呀。"我从床上一跃而起,大声叫道:"嗨!嗨!"回答我的是从另一边传来的马丁粗暴的声音:"没人能听见你,大家都在外面呢。"此刻,我才发现雨已经停了,围绕在我们身边的是一片死寂,一片宁静,一片神秘深沉的惬意,这是一种十全十美的状态,应该和死亡非常相像。后来,走廊里又传来了脚步声,还清清楚楚地传来了生气勃勃的说话声。接下来是一股凉爽的微风吹动了门扇,门上的锁发出吱吱扭扭的响声,一瞬间,一个坚实的物体沉沉地掉落在院子的水池里,兴许是个长熟了的果子。半空里有什么东西表明有一个无影无形的人在黑暗中微笑。"主啊!"我已经被颠倒了的时间搞得头昏脑涨,我想,"现在就是有人来叫我去参加上星期天的弥撒,我也一点儿都不吃惊。"

一九五五年

OJOS DE PERRO AZUL by GABRIEL GARCÍA MÁRQUEZ
©GABRIEL GARCÍA MÁRQUEZ, 1974
All Rights Reserved.

图书在版编目(CIP)数据

蓝狗的眼睛/〔哥伦〕马尔克斯著；陶玉平译.
—海口：南海出版公司，2015.9
ISBN 978-7-5442-7880-5

Ⅰ.①蓝… Ⅱ.①马…②陶… Ⅲ.①短篇小说－小说集－哥伦比亚－现代 Ⅳ.①I775.45

中国版本图书馆CIP数据核字(2015)第158615号

著作权合同登记号　图字：30-2012-063

蓝狗的眼睛

〔哥伦比亚〕加西亚·马尔克斯　著
陶玉平　译

出　　版	南海出版公司　(0898)66568511
	海口市海秀中路51号星华大厦五楼　邮编 570206
发　　行	新经典发行有限公司
	电话(010)68423599　邮箱 editor@readinglife.com
经　　销	新华书店
责任编辑	黄宁群
特邀编辑	王　丹
装帧设计	韩　笑
内文制作	王春雪
印　　刷	北京中科印刷有限公司
开　　本	850毫米×1168毫米　1/32
印　　张	6.5
字　　数	110千
版　　次	2015年9月第1版
印　　次	2024年3月第9次印刷
书　　号	ISBN 978-7-5442-7880-5
定　　价	35.00元

版权所有，未经书面许可，不得转载、复制、翻印，违者必究。